각자의 리듬으로 산다

각자의 리듬으로 산다

나를 지키기 위한
적당한 거리 두기
연습

김혜령 글 · 그림

시공사

책을 시작하면서

운이 좋았습니다. 이걸 운이라고 불러도 좋다면, 그저 운이 좋아 글과 그림을 한 데 묶어 ISBN을 붙이게 되었습니다. 일기는 일기장에 써야 하거늘 이렇게 여러분에게 사사로운 그림일기들을 가지고 뻔뻔하게도 대화를 걸게 되었으니 송구하면서도 설레는 마음입니다. 마음속에 5년 4개월쯤 알고 지낸 적당히 가깝고 적당히 먼 친구를 하나 그리시고 그 친구와 떠든다는 생각으로 제 말과 그림들을 짚어내려가 주시길 바랍니다. 꼭 5년 4개월일 필요는 없지만, 죽마고우만큼의 중량은 아니되 그저 대강 지나치고 마는 지인보다는 가깝게 저를 그려주시면 좋을 것 같습니다.

이 책은 지나쳐도 좋을 것들 앞에서 쓸데없이 멈추고는, 즐거움이라든지 슬픔 같은 것들을 샅샅이 찾아 그걸 들고 헤실거리다 그렁거리는 사람의 이야기입니다. 그러니까 이 종이 묶음 속에 든 것들은 참으로 사사롭습니다. 게다가 인간으로 살아온 경력이 얼마 되지 않는 탓에 다소 거칠거나 낙천적인 생각이 주로 들어있습니다. 그러니 가능한 가볍게 즐겨주십시오. 저도 내년이면, 아니 당장 내일모레만 해도 이 책 속의 생각들을 뒤엎을 만큼 변할지도 모르는 일입니다. 그때는 다른 생각과 생활로 한 권을 더 채워올 테니 지금 잡은 이 책은 마지막 장까지 그저 좋을 대로 즐긴다는 마음으로 발을 허공에 동당거리며 읽어주십시오. 그 포즈가 이 책과 가장 잘 어울립니다.

돌이켜보면 이 책의 시작은 다섯 살 때 엄마가 쥐여준 달력 종이와 밀가루 반죽이었던 것 같습니다. 수제비를 떠도 모자를 밀가루를 엄마는 기꺼이 물에 개어서 식용 색소를 풀어 반죽을 쥐여줬습니다. 엄마가 준 큼지막한 달력의 뒷장에 여백이 사라질 때까지 그림을 그리며 놀았습니다. 유일하게 무릎팍이 까지지 않는 시간은 그림을 그리는 시간이었습니다. 그 시점부터 저는 그림을 그리며 살고 싶었던 것 같습니다. 그러나 꽤 긴 시간 동안 지나간 달력과 밀가루 반죽은 마음속 서랍 어딘가에 넣어두고 영 딴 세상에서 수고롭게 살았습니다. 그러다 문득 달력과 밀가루 반죽이 간절해졌고 결국엔 이렇게 일러스트레이터로 살게 되었습니다. 그래서 이 책도 나올 수 있게 된 것이지요. 수제비를 두 솥에 끓이고도 남았을 밀가루를 온전히 저의 창작활동을 위해 희생해준 엄마께 고마움을 전하고 싶습니다.

은근히 고집이 센 탓에 제멋대로의 리듬으로 살고 있습니다만 신기하게도 인생이 굴러가고 있습니다. 정말 신기한 일입니다. 일러스트레이터를 하겠다 마음먹은 순간부터 가장 큰 고민은 역시나 1인분의 밥벌이였는데 신기하게도 삶은 굴러가고 세 끼 잘 먹고 잘 살고 있습니다. 어디로 가는지는 모르지만 일단 굴리고 보자는 심보로 굴렸던 공이 생각보다 순탄하게 굴러가 줘서 고마울 따름입니다. 내가 굴린 공이니 누굴 탓하겠냐 하는 마음으로 굴리다 보니 어떤 요철에도 '별 수 없지' 하는 마음으로 살게 됩니다. 앞으로 어떤 요철을 만나더라도 리드미컬하게 그저 '어이쿠' 하며 넘길 수 있는 인생을 살 수 있으면 하는 게 요즘의 바람입니다. 이 책을 잡은 여러분들도 책으로 말미암아 각자의 리듬 속에서 가능한 많은 날들을 유쾌하게 보낼 수 있길 바래봅니다.

마지막으로 이 사사로운 종이 묶음을 집어준 모든 손들에게 가능한 정성껏, 진심으로 고맙다는 인사를 전합니다.

여러분의 5년 4개월쯤 된듯한 친구

김혜령.

CONTENTS

part II —• 사람은 각자가 모두 우주인 걸

part III ••• 작은 감동의 순간들은 켜켜이 쌓여서

PART

I

자려고 누웠을 때
아무 걱정이 없는
인생을 살려면

어떻게
살고 싶은가

일러스트레이터가 되기 전에 나는 'UX 디자이너'라는 직업을 진로로 삼았었다. 그게 무슨 직업이냐 하면 사실 나도 잘 모른다. 이제 와서 설명하기도 머쓱하지만 정말로 이제는 잘 모르는 일이 되어버렸다. 현직에 종사하는 분들이 듣고는 푭 하고 비웃을 답변만 떠오르니 이에 대해 설명하는 일은 삼가기로 한다. 아무튼 그래서 IT 관련 회사에서 몇 번인가 면접을 보곤 했는데 한 회사의 최종 면접 때 들은 다른 지원자의 대답이 아직도 종종 떠오른다.

최종 면접에서는 나를 포함하여 세 명의 지원자가 있었다. 임원진과 보는 면접이었는데 사장으로 보이는, 가운데 앉은 근엄한 중년 아저씨가 이런 질문을 했다.

"인간의 인생이란 어떤 것이라고 생각하는지, 본인은 어떻게 살고 싶은가?"

이게 UX 디자이너를 뽑는 데 무슨 상관인지는 모르겠지만 아무튼 인생관에 대한 질문을 받은 것이다. 당시 알베르 카뮈의 《이방인》에 심취해 있던 나는 인간의 생이란 시시포스Sisyphos가 끊임없이 굴러오는 돌을 자꾸만 굴려 올리듯 삶도 뭐 그런 것이니 돌이 굴러오면 열심히 이를 굴려 올리는 수밖에 없지 않겠느냐는 별 이상한 대답을 했다. 그리고 내 옆에 앉은 지원자가 인생관이고 나발이고 UX 디자이너로서의 포부를 장황하게 늘어놓았다. 아차 싶었다. 나도 이 분야에 대한 포부를 인생을 걸고서라도 말했어야 했던 것인가!

내가 시시포스의 바윗돌 운운했던 것을 후회하며 무릎을 찌르고 있을 때였다. 마지막 지원자였던 여자가 "자려고 누웠을 때 아무 걱정이 없는 인생을 살고 싶습니다"라고 대답했다. 그 후로는 잘 기억이 안 난다. 그냥 저 말만 기억에 남았고 이후의 몇 분간은 전혀 기억이 나지 않는다. 면접이 끝나고 셋은 쪼르르 나와서 서로 수고했다는 말과 함께 가볍게 작별 인사를 했고 우리는 면접비로 2만 원이 든 봉투를 들고 빌딩을 나왔다.

집에서 엎어지면 코 닿을 데에 있는 회사였기에 나는 시시포스와 여자의 마지막 말을 되새김질하며 털레털레 집으로 걸어갔

다. 받은 2만 원 중 5,000원을 분식집에서 썼고 집에 돌아와 떡볶이와 순대를 엄마와 나눠 먹으면서 면접은 망했노라고 말씀드렸다. 먹은 자리를 치우며 나는 수많은 밤, 누웠을 때 천장에 그렸던 많은 불안과 걱정 들을 생각했다. 정말 단 하루도 나는 아무 생각도 걱정도 상상도 없이 자본 적이 없었다. 내가 3등신, 5등신이던 꼬마 시절을 제외하고는 모든 밤을 걱정으로 조금씩 수놓다가 지치면 잠이 들었다. 하지만 밤마다 수놓았던 걱정은 절반도 현실화되지 않았고 불안에 떨었던 것의 절반만큼도 나는 괴롭지 않았다. 좀 억울했다. 그 시간에 차라리 잠을 잤으면 키가 3센티는 더 컸을 텐데.

그날 밤엔 내가 면접에 합격했을까 아닐까, 내가 이 사회에 쓸모나 있는 인간일까 하면서 엄살을 피우거나 필요 없는 걱정은 하지 않았다. 다만 그 여자는 왜 그런 생각을 했던 것일까, 그 여자가 붙었을까 하는 시답잖은 생각을 하다가 잠이 들었다. 그리고 당연히 나는 그 회사에 떨어졌다. 시시포스의 바윗돌 따위를 말하는 인간은 영 회사와 어울리지 않았던 것일까. 아무튼 회사에는 떨어졌지만 자기 전에 걱정 없이 자는 날들이 좀 많아졌고 그때마다 '아, 내가 좀 행복하게 인생의 하루를 보냈구나' 하고 자기 위안도 삼고 있으니 그 마지막 지원자 덕분에 인생에 조금은 더 만족하게 되는 통찰을 얻었다고 할 수 있다. 그분은 지금 잠 잘 자고 있는지 모르겠다. 자려고 누웠을 때 걱정 없이 잘 수 있는 그런 인생을 그리며 UX를 기획하는 사람이라면 아무튼 멋있는 사람이라고 생각한다.

인생이 가끔 재수 없는 이유

인생이 가끔 재수가 없다. 그 이유가 무엇일지 생각해보았는데 아무래도 이것 말고는 떠오르지 않는다. 인생의 주인공은 '나'라면서, 내가 인생에서 컨트롤할 수 있는 부분은 고작 요맨큼(손으로라도 이 '요맨큼'을 보여주고 싶다)밖에 되지 않는다는 지점이 인생이 재수 없게 느껴지는 이유인 것 같다.

인과응보라든지 권선징악, 사필귀정 같은 것들은 살면 살수록 미신같이 느껴진다. 그럴 만도 할 만한 사건들이 나와 내 주변에서, 아니 나와 전혀 관계없는 곳에서도 늘 벌어진다. 그래서 이제 나에게 남은 인생 사자성어는 '새옹지마' 정도가 되었다. 제3자의 비극이 나에게 와닿아 마음이 아픈 까닭도 이 때문이 아닐까 싶다. 인간들 모두가 이런 예측 불가한 비극 앞에선 한없이

Boo

나약한 존재이기 때문에 마치 내 일처럼 느껴지는 것이다. 반대로 제3자의 행운이 나에게 희망을 주는 것도 이 예측 불가한 행운이 언젠간 나에게도 떨어질지 모른다고 기대하기 때문일 것이다. 그래서 우리는 복권을 사보는 것이겠지.

이런 까닭에 나는 너무 먼 미래까지 예측해가며 사는 일에는 차차로 흥미를 잃게 되었다. 내가 무언가를 예측해서 얻는 결과들이 얼마나 있겠느냐 하는 생각이다. 지금이 제일 중요하고 그 다음으로 중요한 건 내일이고 그다음으로 중요한 건 모레 정도로 생각하고 살고 있다. 지금 내가 좋아하는 것을 하며 1인분 정도 해내는 것에 고맙고 오늘도 그림을 그렸는데 내일도 그림을 그릴 수 있다고 생각하면 즐겁다. 남들 눈엔 별것 아닌 일이겠지만 말이다.

수년 후에 내가 어떻게 살고 있을지 모르겠지만(아니 살아 있을는지도 감히 예측할 수가 없지만) 다만 오늘 그림을 그리고 그게 즐거웠다고 생각하면 그걸로 내가 할 수 있는 것은 다 했다고 생각한다. 나머지는 내 몫이 아닌 것 같다고 느껴지는 요즘이다.

작명하는 사람의 마음

작명하는 사람의 마음이란 도대체 알 수 없다. 물론 간파하기 쉬운 이름이 더 많기는 하지만 간혹 보란 듯이 내 예상을 비껴가는 이름들이 있다. 내 이름은 '지혜로울 혜'에 '영리할 령'이므로 한자 뜻만 알면 너무나도 쉬운 이름이다. 영리하게 살라는 뜻이나 그렇게 살고 있는지에 대해서는 생각하지 않도록 한다.

아무튼 이름이란 염원을 담거나, 외적인 특징을 담아 짓는 것이 보통인데 정말 알 수 없는 이름들도 있다. 내가 본 것들 중 제일 특이한 이름의 소유자는 나의 고등학교 동창인 '임이지'이다. 쉽게, 편하게 살라는 뜻easy이겠거니 싶었는데 의외로 뜻은 'image'였다. 의미는 아직도 모르겠다. 그녀 본인도 그냥 그렇다고 하니 아직도 이지 아버지의 마음을 알 수가 없다. 그녀의 어머니 이름도 신기하다. 어머니는 '고향희' 씨인데(야옹) 어떤 뜻인지는 모르겠으나 일반적인 이유가 아닌 더 유쾌한 이유로 작명한 것일지도 모른다고 생각하면 엉뚱한 생각에 실실 웃음이 난다.

가게 이름 중에서도 참 재미난 이름들이 많다. 우리 동네의 최고로 허름한 슈퍼 이름은 '현대화슈퍼'이다. 신촌에서 사직단으로 가는 길에는 '존재의이유'라는 실존적인 갈치집이 있으며 또 망원동 근처에는 '맛의단상'이라는 롤랑 바르트만큼 문학적인 아귀찜 집도 있다. 도무지 무슨 뜻으로 지었을지 감도 안 오는 이런 엉뚱한 이름들을 보고 있으면 재미있지 않은가. 세상 사람들은 참 다양한 철학으로 사는구나 싶다. 그런 까닭으로 조모임 이름을 '참외'나 '솔의눈' 등으로 했던 것이니 과거의 내 조원들에게 이해를 구해본다. 재미있잖아요.

나를 제일로
지치게 하는 사람

여러분은 '본인을 제일로 지치게 하는 사람' 하면 누가 떠오르시는지? 나의 경우, 단언컨대 "저요!" 하고 손을 번쩍 들 것이다. 자랑은 아니지만. 세상에서 제일 나를 지치게 하는 사람은 단연 나다. 아무리 생각해도 나는 본인 말고 또 다른 누군가가 나를 지치게 한다는 생각은 해본 적이 많지 않다. 일을 할 때에도, 연애 중에도, 사사로운 인간관계 속에서도 나를 지치게 하는 사람은 주로 나 자신이었다.

부담감에 자꾸만 작업이 밀려 결국엔 마감 전야까지 무엇도 완성하지 못했을 때, 나는 라푼젤처럼 창밖을 쳐다보며 이 모든 일들을 자초한 자신을 떠올렸다. 연애가 무르익어 드디어 만난 행복의 밀물 속에서도 되레 이 행복이 바닷가에 세워진 모래성

처럼 언젠가 흔적도 없이 사라지는 것은 아닐지 미리 전전긍긍하는 나를 돌아보며 역시 나를 지치게 하는 것은 나로구나 깨달았다. 또, 수많은 힘들고 어려운 상황 속에서도 기꺼이 나를 위로해주던 주변인들을 밀쳐내면서 우울의 끝까지 삽질하던 것도 나였다.

무엇이 되었건 아무튼 인생의 다양한 상황 속에서 나를 지치게 했던 것은 바로 자신이라는 사실을 자각하고 나니 '나로 사는 것은 참으로 지치는 일이로구나' 싶다. 심지어 이제는 '나를 지치게 하는 사람이 나'라는 사실을 종종 생각하는 것마저 지치는 지경에 이르렀다. 나조차 나로 사는 게 지치는데 하물며 내 주변인들은 오죽할까 싶은 미안한 날들이 이어진다.

더불어 나를 제일로 미워하는 사람도 바로 나인 것 같다는 생각도 종종 한다. 세상 모든 이가 "음, 이 정도면 그냥 봐줄 만해"라고 말한대도 마지막까지 지질하게 반대 깃발을 들 이도 아마 나일 것이다. 어째서 자신과의 화해는 이리도 먼 길처럼 느껴지는지, 가끔 서글프다.

좋아하는
단어에 대하여

대학 새내기 시절 나에게 호가든 따르는 법, 베일리스 밀크의 맛 그리고 단어에 대한 깊은 통찰을 가르쳐준 선배가 있다. 그 선배를 따라 처음으로 칵테일 바에 갔는데 스무 살이 된 지 석 달 정도밖에 안 되었을 무렵의 나는 처음 맛보는 베일리스의 달콤함과 우유의 부드러움에 심취하게 되었다. 그 충격적인 부드러움 속에서 몽롱해질 무렵 선배는 대화중 갑자기 '어차피'라는 단어가 너무 싫다고 했다. 단어가 싫다니. 대학생이란 다 이렇게 문학적인 걸까.

그때 '어차피'가 선배로부터 미움을 받은 까닭은 패배적이고 결과론적인 그 뜻이 용감하지 못해 싫다는 것으로 기억한다(맥락상 저런 뜻이었던 것 같다). 아무튼 그 선배가 '어차피'라는 단어가 멋이 없다고 말한 그날 이후로 나는 단어 하나하나를 괜히 살펴보며 그렇다면 나는 무슨 단어가 싫을까 곰곰이 생각해 보았다. 여전히 무슨 단어가 싫은지 잘 모르겠고, 좋아하는 단어도 사실은 없다. 수년간이나 생각해봤지만 어떤 단어를 미워하거나 사랑할 만큼 감수성이 넘치는 사람은 아닌 것 같다.

하지만 27년 동안 쌓인 빅데이터를 통해 알아본 결과(뻥입니다) 자주 쓰는 말은 있다. 나에게는 '본인'이라는 단어를 자주 쓰는 이상한 말버릇이 있다. "본인은 어떻게 생각하는데요?", "본인도 그렇게 생각해요?" 등 누군가의 생각을 물을 때 저 단어를 참 많이 쓴다. 그냥 간단히 "어떻게 생각해요?" 하면 될 것을 꼭 '본인'이라는 말을 붙여서 '너'는 어떻게 생각하는지 묻는다. 콕 집어서 '네 생각'을 물어보면 좀 더 확실한 대답을 들을 수 있으리라 기대하는 걸까. 아니면 단순히 저렇게 물어봄으로써 상대가 당황하는 표정을 보는 것이 즐겁기 때문일까. 어쩌면 일종의 경계일지도 모르겠다. 나는 이러한데 너는 어떤지. '우리' 말고, 뭉뚱그리지 말고 '너'를 콕 집어서 상대의 생각이 움직일 방을 하나 그려주는 일인 것일지도 모르겠다.

그래서 본인들은 무슨 단어 좋아해요? 그런데 본인, 본인 하니까 자꾸 오래전 코미디언들이 따라 하던 전 대통령 성대모사가 싱겁게도 생각나는 것은 나뿐인가요.

1일 적정 인간량

나에게는 '1일 적정 인간량'이라는 것이 있다. 하루에 나눌 인간 교류에 적당한 분량이 있는 것이다. 이 적정량을 넘어가면 인간 과다 교류로 급속도로 피로해지며 혼자 있고 싶다는 생각이 온몸의 구멍에서 나온다.

사회생활이라는 것이 내 마음대로 되는 일이 아닌 까닭에 1일 적정 인간량을 넘기는 날들도 왕왕 생긴다. 이런 날을 겪고 나면 그 후폭풍으로 며칠간 혼자 조용히 요양해야 회복이 된다. 반대로 부족하게 되면 나 또한 인간이니 조금 외롭고 서글퍼진다. 그렇다고 애써 누군가를 불러내거나 하지는 않는 편이니 나의 1일 적정 인간량은 그다지 높지 않은 게 분명하다. 심지어 평일 내내 혼자 있다가 가족들이 옹기종기 모여 다 같이 집의 이끼

I want to be alone...

가 되는 주말이 오면 내가 나가려 할 정도이니 나는 혼자 있을 때 충전이 되는 타고난 외톨이인 것이다.

각자의 1일 적정 인간량은 다를 테지만 '적정한' 수준으로 교류해야 탈이 나지 않는다는 것은 모두에게 동일하다. 물도 하루 2리터는 마셔야 건강에 좋다는 소리를 하지만 사실은 각자의 체중에 맞추어 마시는 것이 더 중요하다. 몸의 7할이 물이고 각자 체중에 따라 그 7할이 다르기 때문이다. 너무 많지도, 너무 적지도 않게 갈증을 해소할 수 있는 정도의 딱 적당한 양을 마시면 된다.

사람과의 교류도 그렇다고 생각한다. 외로움을 해소하기에 적당한 만큼이면 된다. 많은 사람을 알고 만나는 것에 필요 이상으로 뿌듯해할 것도 없고 소박한 인간관계를 맺고 있다고 해서 초라해질 필요도 없다. 각자에겐 필요한 정도가 다르니까 말이다. 그러니까 쉽게 다그치지 말았으면 한다. "너는 사람 좀 만나", "연애 좀 해", "나중에 외로워진다"라는 말로 타인을 다그치지도 말고 "나 잘못 산 걸까" 하며 스스로를 다그치지도 말자.

"흔들리는 건 살"이라는 말이 있다. 흔들리는 인간관계도 '잉여의 살'이라고 생각한다. 살이 찌면 다이어트를 결심하듯 필요 이상의 인간관계를 맺고 있다면 이 또한 다이어트를 결심해보는 게 어떨까. 우주의 미세먼지같이 살아온 나에겐 다이어트를 할

관계도 별로 없어 몸에 붙은 살만 정리하면 되는 노릇이니 이걸 다행이라고 해야 하나.

좋아하는 것,
싫어하는 것

졸업과 동시에 프리랜서가 된 나는, 또래들이 사회 속에서 제자리를 찾아 한창 정력적으로 일할 이 시점에 집 안에 마련한 자그마한 작업실에서 '혼자' 사회생활을 시작하게 되었다. 평일엔 하루 대략 열 시간을 혼자 개들과 지내고 있는데, 이런 프리랜서 생활도 어느덧 두 해를 채우게 되었으니 내게 주어졌던 아주 많은 시간 동안 나는 혼자였다고 할 수 있다.

평일 한낮에는 말을 걸 이가 네 살짜리 털뭉치 두 마리 뿐이어서 대화의 양도 적고 그 질에 대해 말하자면 참으로 시답잖은 경우가 다반사다. 사정이 이렇다 보니 나는 주로 많은 시간을 자신과 대화하며 지낸다. 정말로 말을 건다기보다는 혼자 생각하는 시간이 많다는 뜻이다.

커피를 내릴 때에도, 청소기를 밀 때에도, 설거지를 할 때에도, 당연히 그림을 그릴 때에도 나는 나와 내 주위를 뱅글뱅글 위성처럼 도는 것들에 대한 생각만 한다. '여름엔 역시 보사노바를 듣는 것이 좋지. 그렇지만 밤엔 쿨재즈가 좋아'라든가 '커피는 약간 헤이즐넛 향이 첨가된 것이 좋지', 혹은 '어젠 어째서 그런 말을 했을까! 나란 인간은 역시 부주의하구나' 등등. 아무튼 나는 나에 대한 생각만 하며 하루 열 시간을 보낸다. 이렇게 매일을 살다 보면 자연히 내가 좋아하는 것, 싫어하는 것에 대한 감각은 섬세해질 수밖에 없다. 맥주를 마시는 순간에도 '맥주는 맛도 향도 게다가 노랗고 영롱한 색깔까지 정말이지 내 취향이구나!' 하면서 생각하니까 말이다.

그래서 누군가를 만나게 되면 그 사람은 뭘 좋아하고 싫어하는지에 대한 질문을 참 많이 한다. 왜냐하면 내 쪽에선 이미 대답이 준비되어 있기 때문이다. 나는 노란색이 좋은데 상대는 무슨 색을 좋아하는지, 나는 여름이 좋은데 상대는 어떤 계절을 좋아하는지, 나는 가을이면 꼭 보는 영화가 있는데 상대는 무슨 영화를 그렇게 보는지 등등 많은 구체적인 질문들이 이미 준비되어 있다. 이러는 건 내가 그런 생각만 주로 하면서 살기 때문이지 내가 별난 감각의 소유자라서는 아니다.

하지만 이런 질문을 맞닥뜨린 사람들은 보통 난색을 표했다.

소개팅에서 새로이 만난 사람도, 오랜만에 만난 대학 동창도, 심지어 가족까지. 나의 가깝고 먼 다양한 주변인들은 나의 질문에 어떻게 대답해야 하나 한참을 생각했고 그런 지난한 자기 탐색의 과정을 거쳐도 마땅한 답을 구할 수 없을 땐 가끔 좌절하기도 했다. 주로 혼자인 내게는 일상적인 일이지만 다른 이들과 부대끼며 사는 입장에선 이런 자기 탐색의 과정은 늘 사치이기 때문이었을 것이다.

그럴 때면 내가 참 미안해진다. 손사래를 치며 괜찮다고 다독여도 자신이 뭘 좋아하고 싫어하는지도 잘 모르고 살고 있다는 사실이 그들에겐 다소간의 허탈함을 주는 것 같다. 거듭 말해왔지만 이 기회에 한 번 더 말하자면, 나는 나에 대해 생각하는 것을 매일 소일거리 삼아 수 시간씩 하고 앉아 있으니 이 정도 감각도 없다면 정말 이상한 일이다. 게다가 그걸 가지고 그림을 그려서 먹고사는 중이다. 그러니 자신이 무엇을 좋아하고 싫어하는지에 대한 감각이 조금 무뎌졌대도 실망하지 말길 바란다. 그것은 당신들이 열심히 살고 있기 때문이며, 당신들이 답을 찾지 못한 것들은 대부분 언제든 시간만 주어진다면 숨 쉬듯 쉽게 떠올릴 수 있는 생각이고 금세 파닥파닥 살아날 감각들이다.

수많은 사람과 업무 속에서 자신의 색을 잠시 죽이고 분투하는 사람들의 매일을 응원하고 싶다. 할 수 있는 한 정성껏. 그러니 자신의 감각에 실망하지도, 걱정하지도 마세요. 내가 하는 그런 시시한 질문에 대한 답이라면 구하기 어렵지도 않답니다. 정말이에요.

개인적이고 비전문적인 맥주 음용 권장 사항

이제 말하기도 지치지만 나는 맥주를 참 좋아한다. 좋아한다고 단언해버릴 수 있는 것 중 하나이다. 세상 그 누구보다 1등으로 좋아한다고 말할 수는 없지만 꽤나 즐기는 부류임에는 틀림없다. 생애 처음으로 가본 런던에서는 이틀간 잠도 자지 않고 펍에서 맥주만 마셔댔으니 좋아한다고 말하기에 부끄럽지 않은 사람이다.

맥주는 주로 시원한 온도에서 즐겨야 하는 술인 데다가 기본적으로 마시는 양이 다른 술에 비해 많기 때문에 즐기기에 적합하지 않은 계절이나 몸 상태도 있게 마련이다. 가령 겨울에 맥주를 너무 벌컥벌컥 마시면 추위에 떨어 고생해야 하고 배가 너무 부르면 쉽사리 들어가지도 않는다. 하지만 그런 다양한 상황 속에서도 즐기며 마시는 노하우가 쌓였을 만큼 나는 맥주를 좋아한다. 맥주의 향, 맛, 톡 쏘는 질감, 영롱하고 따뜻한 색 그리고 도수까지도 사랑한다. 체질적으로도 참 잘 맞기 때문에 때로는 내 미토콘드리아에서부터 이 친구를 좋아하는 게 틀림없다고도 생각한다. 멍청한 생각이지만.

맥주를 좋아하는 마음이야 하늘 같지만 공부를 하며 마신다기보다는 몸으로 부대껴서 배운 것이 전부라 체계적으로 알려줄 것은 못 된다. 그래서 구체적인 상황에 따른 음용 권장 사항을 몇 가지 늘어놓으려 한다. 아주 개인적인 즐거움을 위해서 말고는 큰 의미 없으니 가볍게 읽어주시길.

첫 번째, 여름낮의 맥주는 무엇이 좋을까? 라거 계열을 추천한다. 산뜻한 노란색은 기분을 좋게 만들 뿐 아니라 라거의 가벼운 도수와 향도 한낮의 더위를 물리치기에 제격이다. 게다가 목젖을 치는 그 청량한 타격감 덕에 적은 양으로도 기분을 내기에 충분하다. 하루는 24시간이고 낮을 보내도 밤이 여전히 남아 있으니 너무 도수가 높은 맥주는 남은 시간을 버티기에 적합하지 않다. 그렇기 때문에 여름낮의 맥주는 되도록 가볍고 도수가 낮은 라거 계열을 추천한다. 330밀리리터 한 병 혹은 500밀리리터 한 캔 정도로 끝내는 것이 좋다.

두 번째로, 일과를 끝낸 후 즐기는 여름밤의 맥주는 무엇이

Beer
PAULANER
IPA
IPA
asahi

좋을까? 낮에 마신 가볍고 산뜻한 라거 맥주보다는 도수가 조금 높고 고유의 향이 매력적인 에일을 추천한다. 종류마다 그 향과 질감 그리고 도수도 너무나 다양하여 특정한 것을 추천하기는 쉽지 않지만 나의 경우 캐릭터가 너무 드센 에일은 여름밤엔 피하는 편이다. 밤에도 더운 여름에는 아무리 에일이라도 청량감이 살아 있는 것이 더위를 이겨내기에 좋다. 또한 맥주의 계절 여름에 어찌 한두 병만 마실 수 있겠는가? 이 계절이 아니면 시원한 맥주를 양껏 즐기기 쉽지 않기 때문에 양껏 즐겨도 부담 없는 종류의 에일이 좋다. 그러기 위해서는 향이 너무 세지 않고 도수도 대략 8도 이하의 것이 좋다.

세 번째로, 커피 대신 조금씩 음미하며 약간의 알코올을 느끼고 싶을 때는 스타우트를 추천한다. 스타우트는 흑맥주를 말하는데 청량함은 덜하지만 묵직한 부드러움이 있고 고소한 맛이 있어서 조금씩 음미하기에 적합하다. 개인적으로는 바닐라, 커피, 초콜릿 향이 어렴풋이 느껴지는 스타우트를 좋아한다. 그래서 맥주를 마시며 작업하는 날에는 묵직하지만 부드러운 스타우트로 커피를 대신한다. 한 입 한 입 마시면서 작업을 하다 보면 시나브로 취기가 도는데 그럴 때 창밖을 한번 봐주면 '아, 사는 것 참 느긋하고 좋다' 하면서 신선놀음도 할 수 있고 새삼 행복해진다.

네 번째로, 추운 겨울 어두컴컴한 펍에 앉아 한 해를 되새김질할 때는 향과 도수가 강한 에일을 추천한다. 왠지 움츠리게 되는 계절인 겨울엔 가만히 있어도 서글픈 생각에 젖어 들고는 한다. 연말인 데다가 일조량도 줄고, 날도 춥기 때문에 자연히 그런 분위기가 조성되는데 이럴 땐 캐릭터가 센 에일을 한두 잔 마시면 좋다. 전문가가 엄선한 다양한 탭과 병맥주 리스트가 준비된 멋진 펍에서 오손도손 둘러앉아 8도 이상의 묵직한 에일 맥주를 한두 잔씩 마시다 보면 지나간 한 해를 돌아보기에 적합한 무드가 조성된다. 게다가 적은 양만으로도 취기가 오르니 집에 가는 길에 추위나 배부름에 불편할 걱정도 없다.

마지막으로 사소한 팁 몇 가지를 적어보자면, 양질의 병맥주를 마시고 싶을 때를 대비하여 들고 다니기 좋은 가벼운 오프너를 상시 챙기면 좋다는 것이 첫 번째고, 두 번째로는 대형 마트에 가면 수시로 맥주 코너에 들러 전용 잔을 주는 이벤트를 살펴보면 좋다는 것이다. 합리적인 가격에 맥주를 들고 올 수 있을뿐더러 전용 잔까지 얻을 수 있는 매우 좋은 기회이니 마트에 갈 일이 있으면 전용 잔 이벤트와 할인 이벤트를 살펴보는 습관을 들이시라. 그리고 정말 마지막 팁이자 기본 매너에 대해 이야기하자면, 맥주를 취하려 마시는 술이라 생각지 말고, 도수가 낮다고 무시하지 말고, 음식이라 생각하며 감각을 세우고 즐기는 마음을 갖기를 권장한다. 마시는 즐거움이 배가 될 것이다. 항목마다 추천하고픈 맥주와 펍이 있지만 감히 배워나가는 입장에서 섣부른 언급은 피하기로 한다. 줄줄이 쓰다 보니 마시고 싶어져버렸다, 맥주.

너그러움의 조건

며칠 전 일요일, 게으른 얼굴로 일어나 주섬주섬 도서관에 갈 채비를 했다. 느릿느릿 현관을 나서서 엘리베이터를 기다리는데 몇 층에서 출발했는지도 모를 아이들이 까르르 웃으며 계단을 기세 좋게 뛰어내려가고 있었다. 아이들이 쏜살같이 뛰어내려가다 남긴 바람을 느끼며 내 층에서 멈춘 엘리베이터를 탔다. 엘리베이터 안에는 나를 포함한 어른이 셋, 방금 나를 지나간 아이들의 친구로 보이는 꼬마들이 셋 있었다. 낯선 엘리베이터의 적막 속에서 여자애 셋이 웃을락 말락 하는 소리를 내는데 참 귀여웠다.

한 층을 지나치고 엘리베이터가 멈췄다. 누구 하나 내리지도 타지도 않았고 엘리베이터는 머쓱하게 다시 문을 닫았다. 다시

한 층을 내려갔다. 이번에도 누구 하나 내리지도 타지도 않았고 엘리베이터가 문을 닫았다. 또다시 한 층을 내려갔는데 이번에도 누구 하나 타지 않았지만 애들 셋이 부끄러운 얼굴로 도망치듯 내려서 계단을 향해 뛰어갔다. 그렇다. 엘리베이터를 타지 않은 아이들과 1층까지 누가 더 빨리 가나 내기를 한 것이다. 아마도 기세 좋게 계단을 뛰어내려갔던 아이들이 층층이 엘리베이터 버튼을 눌러놓은 바람에 엘리베이터를 타고 가던 아이들이 어른에게 혼날까 싶어 도망을 간 것이다.

덕분에 엘리베이터에 남은 어른 셋은 평소라면 구경도 못 할 6층 현관에 붙은 교회 스티커, 4층 현관 앞의 유모차, 2층에서 점심으로 먹고 내놓은 자장면 그릇 따위를 허허 웃으며 구경해야 했다. 어렵게 1층에 도착하여 터덜터덜 걸어가는데 멀리 놀이터에서 그 초등학생 무리가 보였다. 언제가 마지막이었을까, 내가 저렇게 뜀박질하고 놀았던 때가? 아무튼 의외의 사건 덕에 나는 추억에 잠기어 도서관을 향해 기분 좋게 걸어갔다. 참 놀기 좋은 날씨긴 하구나 싶었다.

만약 오늘이 일요일이 아니었다면, 미팅에 늦을지도 모르는 아슬아슬한 시간이었다면, 높은 구두를 신어 서있는 것만으로도 성질이 나는 날이었다면 나는 그 애들을 귀여워할 수 있었을지. 그 애들이 눈에는 들어왔을까? 거울에 붙어서는 늘어난 주근깨나 뾰루지를 불만스럽게 쳐다보며 한탄하고 있지 않았을까 싶다.

'곳간에서 인심 난다'는 속담을 잠시 빌려 '느긋함에서 인심 난다'는 말을 하고 싶다. 주머니가 두둑해서 나는 인심 말고, 마음이 두둑해서 나는 인심 말이다. 너그러워지는 것은 아무래도 타고난 성격 때문만은 아닌 것 같다. 누군가를 관찰하고, 그런 느긋한 관찰 속에서 자그마한 귀여움을 찾을 수 있는 여유가 너그러움의 조건이 아닐까 싶다. 나처럼 무뚝뚝한 사람도 이렇게 너그러워질 수 있으니 말이다.

그나저나 요즘도 계단을 뛰어내리며 노는 아이들이 있다니, 학원 숙제하느라 바쁘거나 스마트폰만 보고 노는 줄 알았는데 말이죠. 너무 귀엽지 않나요?

단골 미용실

나는 섬세하게 외모를 가꾸는 사람은 아니어서 패션 트렌드에 밝지도 못할뿐더러 누군가를 만나러 외출할 때에도 조금 깔끔하고 단정하게 입는 수준이다. 다행히도 혼자 일하는 프리랜서라 차려입을 날이 많지도 않다. '그림을 그리는 사람이라 그런가 보다' 하고 너그럽게 이해받는 일도 많으니 참 감사한 일이다. 그래서 머리도 그냥 질끈 묶는 일이 보통이고 미용실에 가봤자 싹둑 자르는 게 전부이니 당연히 유행하는 펌의 종류라든지 염색도 잘 모른다. 그래서 그저 집에서 제일 가깝고 손길이 다정한 미용실 하나를 정해서 수년 동안 다녀왔다.

근 몇 년 동안은 단발머리를 고수했기에 그 단골 미용실에 한 달에 한 번 정도, 내 기준에선 꽤 자주 다녔다. 그 미용실은 그야말로 동네 미용실로, 머리에 분홍 보자기를 싼 아주머니들이 떡이나 삶은 고구마 따위를 들고 와서는 나눠 먹고 수다를 떨다가 한껏 뽀글뽀글해진 머리로 떠나는 곳이다. 인테리어라고는 오래된 가족사진이나 먼지 쌓인 조화가 전부이고 심심할까봐 무릎 위에 얹어주는 〈우먼센스〉 과월호가 수북이 한편에 쌓여 있다. "어떻게 해줄까?" 물어보며 펼쳐주는 헤어스타일 북에는 가히 10년은 거뜬히 지난 듯한 예스러운 스타일의 마네킹들 증명사진이 다닥다닥 붙어 있는 곳이라고 생각하면 된다.

아이러니하게도 나는 이 미용실에만 오면 건강 상식 및 식자재 정보를 덤으로 얻곤 하는데 마지막으로 갔던 날에는 다소 슬픈 이야기를 전해 들었다. 지금은 머리를 기르는 중이라 두어 달 전 일이지만 말이다. 내 옆에 앉은 50대 후반의 아저씨 손님과 사장님이 하는 이야기를 엿듣게 되었는데 동네 청년이 급작스럽게 세상을 떠났다고 한다. 산도 좋아하고 운동도 좋아하던 밝은 30대 후반의 효자 청년이 별안간 앓기 시작하더니 수일 내로 세상을 떠나버렸다는 슬픈 내용이었다.

같은 젊은이로서 남 일 같지 않아 조금 섬뜩하기도 하고 또 안타깝기도 해서 나는 보던 〈우먼센스〉를 접고 귓바퀴에 힘을 주어 두 분의 이야기를 은근 열심히 듣기 시작했다. 이야기를 나누던 두 분은 정말 안됐다는 말만 되풀이하며 안타까워하다가 갑자기 "자식 잃은 부모의 슬픔은……" 하고 바리캉과 말을 동시에 멈추었다. 참으로 애통한 적막이었다.

그리고 그 미용실에 있는 세 사람 중 유일한 자식뻘의 나이인 나에게 시선이 쏠리며 "건강한 게 제일로 효도야"라는 말을 두 분이 이구동성으로 했다. 기분이 참 묘했다. 내 부모님이 떠올라서라기보다는 피 한 방울 섞이지 않은, 그냥 지나가던 젊은이일 뿐인 나를 보며 그렇게나 애처로운 눈빛을 보내는 두 분의 표정 그 자체가 묘한 기분을 주었다. 아직 자식으로밖에 살아보지 않아서 나는 잘 모르는 감정이지만, 부모에게 자식이란 남의 자식을 보고도 내 자식이 퍼뜩 떠올라버리는 그런 존재인가 싶다. 무엇이 되었건 내 자식과 약간의 접점만 있으면 퍼뜩 떠올라버리는 것일까 싶다.

머리를 싹둑 잘라 목덜미가 시원한 채로 귀가했는데 왠지 마음은 목덜미만큼 시원하지 않았다. 앞으로 맥주 조금 줄이고 밤도 덜 새서 건강하게 살아야겠다.

토끼 머그컵

살면서 후회해본 일이 많은 편은 아니다. 그리고 살아온 날들이 쌓일수록 후회하는 날들은 더욱 줄어들어간다. 내가 대단한 선견지명을 가진 현자인 까닭에 후회를 하지 않는 것이라면 좋으련만 그런 이유로 후회가 없는 것은 아니다. 이미 어찌할 수 없는 일에는 기운을 쓰고 싶지 않기 때문에 지나가버린 일을 좀처럼 후회하지 않는다. 대신 반성은 한다. 물론 수차례 실패와 반성을 거듭하지만 후회는 짧게 마무리 짓는다는 소리이다.

그래서 학창시절에 오답노트를 만들어 끝까지 성공해본 적이 없다. 게다가 별로 만들고 싶지도 않았다. 같은 맥락으로 이미 나온 점수를 들고 선생님을 찾아가 항변해본 기억도 거의 없다. '아, 이게 내 점수구나. 이런 바보가……' 하고 마는 것이다.

그때로 돌아가 다르게 행동했더라면 더 잘 되었을 거란 보장도 없을뿐더러 나는 나를 잘 알기에 그때로 돌아가도 분명 똑같이 행동했을 것이라고 확신한다. 그래서 일이 벌어지고 나면 잠시 동안 나의 역량과 게으름을 겸허하게 탓하고는 지나간 일은 후회하지 않으려고 한다. 결과를 덤덤히 받아들이고 지나간 일은 미련두지 않는 것이 내게는 익숙하다.

다만 열네 살 미술 시간에 있었던 일만은 유일하게 두고두고 기억에 남는다. 나는 미술 시간을 참 좋아했지만 점수는 내 열정에 못 미치는 학생이었다. 그때나 지금이나 내신이란 주로 꼼꼼하고 손이 야무진 아이들 위주로 A 잔치가 벌어졌기 때문에 손재주가 서툰 주제에 청사진만 크게 그렸던 나는 아주 가끔 A, 보통은 B를 받았다. 어느 날은 지점토로 머그잔을 만들었는데, 야무진 아이들이 견고한 머그잔를 만들기 위해 열과 성을 다할 때 나는 스케치를 수십 번 반복하고서야 무거운 머리와 꼬리를 컵에 붙여 토끼 컵을 만들겠다는 나름의 기발한 아이디어를 도출했다.

수업이 끝나고 집에 가는 길에 소중한 토끼가 부서질라 조심조심 들고 가서 나의 귀여운 토끼 머그에 날개로 손잡이도 만들고 형형색색으로 물감 칠에 니스 칠까지 했다. 머그잔을 만드느라 날밤을 새웠지만 이번엔 분명 내가 제일 잘 만들었을 것이며 나중에 발표도 시킬거라는 근거 없는 확신으로 뿌듯하기만 했다. 하지만 그 컵으로 내가 받은 점수는 D였다. 상상도 못한 점수에 충격을 받고 선생님을 찾아가리라 마음을 먹었다. 이렇게 귀여운데, 이렇게 열심히 만들었는데 D라니. 맨날 공이나 차면서 대충 만든 남자아이들도 C였단 말이다.

나는 토끼를 품에 안고 친구 두 명을 대동하여 미술 선생님을 찾아갔다. 머릿속에선 똑 부러지게 왜 D인지 따져 묻는 상상을 했다. 그러나 막상 선생님을 눈앞에 두니 품 안의 토끼가 가여운 마음에 눈가에 금세 여울이 졌다. 말 한 마디 못하고 또륵또륵 눈물을 흘리니 옆에 있던 친구가 이래저래 선생님에게 대신 말을 해주었다(고맙다 영지야). 선생님은 당황한 표정이었지만 내 토끼의 하나하나를 볼펜 끝으로 짚어가며 왜 D인지 설명하기 시작했다.

정말로 잔인한 풍경이 벌어진 것이다. 다시 돌아간다면 토끼의 귀를 막고 싶다. 그렇게 나는 아무 말도 못 하고 눈물만 뚝뚝 흘리다가 점수도 뒤엎지 못하고 교실로 돌아와야만 했다. 그리고 한동안 정말 우울했다. 누군가에겐 고작 D일 테지만 나에겐 A도 모자랐던 친구였는데 하나하나 꼬집힘 당할 이유가 없었다. 그래서 그 후로는 지나간 일을 되짚는 것이 지나간 내 인생에게 얼마나 잔인한 일인지 깨달았다. 오답노트도 지나간 성적을 되돌리려는 노력도 하지 않았다. 나는 토끼를 만들고 싶었고 토끼를 만드는 동안 행복했다. 다만 남의 눈에 미워 보이는 일까지는 내 관할이 아닐 뿐이다.

지나간 것은 지나간 대로 최선이었다고 생각한다. 사람은 모두 자신에게 최선인 방향을 택하게 되어 있고 그 '최선'은 스스로가 제일 잘 안다고 믿는다. 누가 뭐라고 하든 말이다. 이미 지나간 일에 후회하고 미련 두는 것은 과거의 나를 향한 공격이 아닌가 하는 생각이 든다. 명백한 나의 잘못이 있었다면 후회하지 말고 반성하면 될 일이다. 앞으로는 반복하지 않겠다는 다짐을 하고 정말로 반복하지 않음으로써 과거의 나와 현재의 나 그리고 미래의 나를 끌어안는 것이다. 나라도 내 편이 되어야하지 않겠나.

여하튼 그 일 이후로 나는 선생님이 바뀌기 전까지 미술 시간에 대한 흥미를 점차 잃었고, 집에서 혼자 그리는 일에 더 몰두하게 되었다. 십수 년이 지나 내가 이렇게 그림 그리는 사람이 되었다는 사실을 알면 적잖이 놀라실 것 같다. 그 토끼 컵이 이렇게 일러스트레이터가 되어서 두 해를 훌쩍 보내고도 수개월이 지나가네요.

지점토
지점토
지점토

먼지

내가 먼지의 존재를 제대로 알게 된 것은 아마도 초등학교에 입학한 이후일 것이다. 더 어릴 때에는 세상 온갖 것이 신기하고 재미있었으니 한갓 먼지 따위에 집중할 이유가 없지 않은가. 걸상에 앉아 지루한 수업을 버텨내야만 놀 수 있다는 것을 배운 이후부터 나는 먼지의 존재를 확실히 느끼게 되었다. 점심을 한가득 먹고 실컷 뛰놀다가 5교시가 되어 볕이 유난히 잘 들어오는 1분단 넷째 줄 창가에 앉으면 지루한 것도 그것대로 괴롭지만 졸음이야말로 괴로움의 끝이었다(세상에서 제일 무거운 것이 눈꺼풀이라는 사실도 아마 초등학교에 입학한 이후 깨달았다). 졸면 선생님께 혼날 테고 창피를 당하니까 어떻게든 자지 않으려고 안간힘을 쓰다가 우연히 공중에 부유하는 먼지와 눈이 마주친 이후로 나는 그들의 존재를 비로소 의식하게 되었다.

분명 교실 구석에서 봤을 땐 꽤 덩어리감도 있고 색도 회색이었다. 그것을 보는 것만으로도 내 미간은 찌푸려지곤 했다. 그런데 5교시에 내 눈앞을 떠다니던 먼지들은 햇빛의 색을 하고 있었다. 흰색이랄까 황금색이랄까. 그리고 구석에서 무리를 지어 더럽게 엉켜있던 먼지들과는 달리 내 눈앞을 떠다니는 먼지들은 하나하나가 공중을 유영하듯 떠다녔다. 마치 햇빛이 보낸 요정 같았다. 볕을 받아 떠다니는 먼지들은 더러워 보이지 않았다. 오히려 평화로운 일상의 풍경처럼 느껴졌다. 그것들이 어디로 떠가는지 경로를 관찰해보고 싶은 호기심도 생기곤 하였다. 마땅히 더러워 보여야 하는데 볕 속에서 그것들은 너무나도 자연스러웠다.

이따금 나는 나의 먼지들을 생각한다. 거꾸로 매달아 털레털레 털어도, 몽둥이로 이불 때리듯 퍽퍽 때려도 끝없이 나와서 나를 지치게 했던 나의 먼지들. 나로 하여금 끝없이 기침하게 하는, 정말 싫은 나의 먼지들. 마음을 청소할 수 있는 청소기가 있다면 얼른 누가 보기 전에 훔쳐내버리고 싶은 싫은 것들 말이다. 내가 보기에도 싫은 내 먼지들 누가 보면 어떡하나 싶어서 구석에 쓱쓱 밀어 넣곤 했는데 이제 와서 생각하니 그것들 참 내 안에 의뭉스럽게도 뭉쳐있겠구나 싶다. 언젠가 마음을 들췄을 때

교실 구석에 더럽게 엉켜 있던 그 먼지들처럼 나의 먼지들도 바닥에 잠자코 쌓여 있겠지.

이렇게 구석에 숨겨서 의뭉스럽게 뭉쳐놓지 말고 차라리 밝은 곳에 데려와서 하나하나 공중에 떠다니게 하는 것도 좋겠다. 나중에 발견하고 식겁하는 것보다야 내 먼지들도 양지로 끌고 나와 햇빛 속에 내보이는 것이 나으려나. 5교시 내 눈앞에서 별의 색을 하고 동동 날아다니던 그 먼지들처럼 그저 일상의 한 풍경으로 받아들일 수 있을지도 모르겠다.

고양이 키우세요?

내가 그림을 그리기 시작한 이래로 제일 많이 그린 것은 고양이인데(두 번째로 많이 그린 것은 맥주이다) 그렇기 때문에 사람들은 내게 고양이와 함께 사냐며 종종 물어본다. 내가 생각해도 나는 고양이를 참 많이 그렸지만 머쓱하게도 나는 고양이와 친하게 지내지 못하는 데다가 고양이와 단 한 번도 살아본 적이 없다. 오히려 15년도 넘는 세월을 개들과 살았다. 그래서 기세 좋게 꼬리 치며 무작정 달려드는 개들의 사랑에 익숙하고 그들의 그런 대책 없음을 매우 사랑한다. 그런 연유에서인지 나는 고양이와 좀처럼 친해질 수 없다.

잘은 모르지만 내가 주워듣기로는 고양이란 시간과 공간적인 여유가 절대적으로 필요한 친구들이라고 한다. 그래서 급하게 친해지고자 마구 달려들어서는 곤란하고 가까이 다가갈 때도 섣불리 거리를 좁혔다간 오히려 아주 멀어지기 십상이라던데 개들의 적극적인 사랑에 익숙한 나는 그들 같은 방식으로 사랑을 주는 편이라 고양이들을 만나면 나도 모르게 덜컥 가까이 가려 하고 빨리 친해지려고 해서 늘 오히려 더 멀어지곤 한다. 그래서인지 꽤나 일상적인 동물임에도 불구하고 나에게 고양이는 미지의 동물처럼 느껴진다.

정말 속을 알 수가 없다. 조심스러운 걸음걸이로 걷다가 갑자기 장난감을 물고 발랄하게 달려들기도 하고, 어딘가 심오하고 스마트한 눈빛을 쏘다가도 사람이 쓰다듬으면 눈을 감고 야옹거리지를 않나, 가까이 와서는 다리에 제 볼을 비비기에 '아, 드디어 된 건가!' 하고 쓰다듬어주면 얼마간 가만히 있다가 또다시 휙 가버린다. 언제나 만져달라, 놀아달라며 달려드는 개들과 달리 참 난해한 상대라고 생각한다.

그래서 나는 개보다 고양이를 그리게 되었다. 그림의 주제는 항상 인간사인데 이걸 인간으로 그리자니 너무 직접적인 것 같아서 마땅한 대상을 찾다가 발견한 것이 바로 이 신비로운 동물이었다. 비교적 속이 금방 읽히는 발랄한 개들과 달리 다소 의뭉스럽고 왠지 스마트한 느낌이 인간을 대신해서 표현하기에 적절하다고 생각했다. 정말 그런지는 알 수 없다. 내가 만나는 고양이들은 집 근처 길고양이들이 전부이기 때문이다.

언젠가 고양이와 사는 한 친구는 내게 개들의 그 들이댐이 부담스럽다고 말했다. 반대로 난 고양이들의 그 시큰둥함이 서운하다고 생각했는데 말이다. 그 친구는 연애에서도 너무 적극적인 사람보다는 은근하게 다가오는 사람을 좋아한다고 했고, 나는 개처럼 무턱대고 대책 없이 나를 사랑해주는 사람을 만나고 싶다고 했다. 그 친구와의 대화로 말미암아 나는 개와 고양이 중 어떤 녀석을 더 좋아하는가를 통해 각자의 애정 스타일도 알 수 있는 것은 아닐까 생각했었다.

결론적으로, 난 아직 개를 좋아하는 타입이고 나 자신의 성향도 그렇다. 고양이처럼 시크해지는 것은 글렀다.

거꾸로 타는
에스컬레이터

붓이 헤져서 새 붓을 사러 화방에 가는 길, 버스 안에서 들은 보일러 광고 덕분에 수년 전 기억이 되살아났다. 제법 날이 쌀쌀해진 늦가을의 밤이었는데 우리 집 근처 공원의 벤치에서 있었던 일이다. 그날은 대학 때 제법 만났던 친구와 헤어지기로 서로 합의한 뒤 마지막으로 만나는 날이었다. 마지막이니 여느 때보다 더 신경 써서 분을 발랐고 오전엔 미용실에 가서 삐죽이 길어진 머리도 자르고 그랬다. 약속된 시간보다 빨리 도착하여 머릿속으로 무슨 말을 해야 할지, 어떤 감정은 느끼지 말아야 하는지 얼토당토않는 정리를 나름대로 하고 눈물 단속을 했다. 노래를 들으면 원래 내 감정보다 더 격앙될 것만 같아서 이어폰조차 챙기지 않았다. 바닥에 이미 여러번 밟힌 낙엽을 밟고 또 지르밟

아서 가루를 만들었다. 멀리서 그 친구가 오는 모습이 보였다.

울지 말자고 그렇게 마음을 단속했는데 함께한 시간만큼의 눈물이 밀물처럼 밀려왔다. 시답잖은 농담으로 말을 시작했고 이러저러한 이유를 주고받은 후에 우리는 헤어졌다. 나더러 먼저 가라는 그 친구의 말에 알았다며 잘 살라 하고 지하철로 내려가는 에스컬레이터를 탔는데 이건 아니지 않나 하는 생각이 퍼뜩 들었다. 좀 우스운 꼴이지만 그 긴 시간이 이대로 끝이라는 것을 받아들일 수 없어서 거꾸로 에스컬레이터를 거슬러 올라갔다. 방금 전까지만 해도 깔끔하게 정리하고 눈물 꾹 참으며 씩씩하게 집으로 가려던 나였는데 노르웨이 연어처럼 에스컬레이터를 거슬러 올라간 것이다.

"이게 정말 우리의 끝이냐!" 하고 불쑥 성을 냈더니 그 친구 울먹거리면서 그렇다고 한다. 붙잡지도 않고 그렇다고 끄덕였다. 괘씸한 마음에 판관 포청천처럼 "알았다! 나 집 간다!" 호령을 하고 다시 에스컬레이터를 탔다. 그런데 또 '그래도 이건 아니지!'라는 생각에 이번엔 에스컬레이터를 뛰어 올라갔다. 벤치에 아직도 앉아 손톱을 뜯고 있던 친구를 향해 다시 "진짜 끝이냐!" 했더니 그렇단다. 이번에도 장군처럼 "알았다!" 하고 다시 에스컬레이터에 올랐는데 믿기질 않아서, 억울해서 또다시 거꾸로 올라갔다. 하지만 그 친구에게 가지는 않았다. 힘들여 거꾸로 올라가서는 못생긴 얼굴로 펑펑 울었다. 그리고 다시 에스컬레이터를 타고 내려가는 길에 어쩐지 후련한 마음이 들었다. 에스컬레이터를 세 번이나 거슬러 올라갔으니, 이 정도면 할 일은 다 한 것이니까 후회는 없다고 생각한 것일까.

아무튼 짧지 않은 시간을 함께했던 친구와 그렇게 연어 같은 꼴로 헤어지고 난 후로 연비 좋다는 그 보일러의 광고를 들을 때면 6호선 에스컬레이터를 열심히도 거슬러 오르던 내가 떠오른다. 이 정도로 노력했으면 되었다고 생각해서인지 그 이후의 일은 자연스레 기억에서 풍화되었다. 사실 이제는 애써 노력하지 않으면 잘 기억이 나질 않는다. 다만 연어처럼 거꾸로 에스컬레이터를 오르던 내 종아리 정도만 기억날 뿐, 기력 좋을 때 해봄직한 재미있는 기억으로 남았다. 물론 애써 상기한다면 아직도 상대가 괘씸하니 굳이 떠올릴 일도 아니지만. 하지만 덕분에 나에게 더 찰떡같이 맞는 사람을 알아볼 수 있는 눈을 가질 수 있었다. 경험이란 이렇게 좋은 것이고 망각이란 이다지도 좋은 겁니다.

여행

나는 생각보다 기력이 달리는 인간이다. 그런 까닭에 설레는 에너지로 가득 차서 여행지를 알아본다거나 완벽한 며칠을 위하여 일정을 꼼꼼히 짜는 일에는 영 소질이 없다. 내게 여행이란 경험보다는 '좌표 이동'의 개념이 더 크다. 다시 말해 '지금 이곳이 아니라면 어디라도 큰 상관은 없고 좌표 이동을 한 후에도 꼭 보고자 하는 것이나 먹고자 하는 것은 딱히 없다'는 뜻이다. 그래서 주로 '이곳을 얼마간 떠나지 않으면 폭발하지 않으려나' 하는 다소 괴로운 마음이 여행에 대한 욕망을 부추긴다.

떠나겠다는 마음을 먹고 나면 기분 따라 목적지를 대강 알아보고 비행기 표를 찾는다. 가격이나 일정에 알맞은 표를 찾다 보면 목적지가 변하기도 한다. 목적지에 갈 수단과 일정이 정해지고 나면 숙소를 정해야 하는데 숙소는 최대한 그 주변에 자연물이 있는 곳, 그러면서도 교통이 잘 닿는 곳 정도면 족하다. 왜냐하면 나는 그 숙소 근처를 어슬렁거리며 걷기만 할 것이라 걸을 때 보이는 풍경만 괜찮으면 충분하기 때문이다. 그래서 주변 관광지들이 얼마나 지척에 있는지, 어떤 순서로 구경해야 효율적인지, 맛집은 어디이고 무엇을 먹어야 하는지에 대한 정보도 굳이 찾지 않는다.

이런 불성실한 태도로 여행 계획을 세우고 나면 나는 기력이 쇠해서 여행을 떠나는 전날까지 아무것도 찾지 않는다. 무책임한 것 같지만 어디까지나 혼자 하는 여행의 경우 이렇다는 말이다. 이런 태도의 인간이 여행의 총대를 메게 되면 일행 모두가 등을 돌릴 테니 이런 여행은 혼자만 가능하다는 것을 미리 알려드립니다.

아무튼 이렇게 여행을 처음 떠나본 것은 스물다섯 살 때였다. 얼떨결에 취직에 성공하여 입사를 앞두고 있던 호시절에 이때가 아니면 장기 여행은 불가하니 얼른 다녀오라던 선배들의 말에 따라 덜컥 일주일 동안 혼자 제주도에 가게 된 것이다. 사실 별생각 없이 그냥 서울을 떠나고 싶어서 제일 먼 제주도를 생각했다. 그뿐이었다. 그래서 제주행 비행기 표까지 사두고 숙소도 정했는데 엄마는 애가 이제 회사 붙고 다 컸다고 혼자 위험하게 여행을 가냐며, 겁도 없이 젊은 여자가 혼자 무슨 여행이냐고 무섭게 화를 냈고 급기야 침대에 머리를 싸매고 누워서는 살벌한 분위기를 조성했다. 오빠가 나서서 엄마를 달래는 등 도와준 덕에 나는 가까스로 제주도에 떠날 수 있었다. 솔직히 그럴수록 더 집을 떠나보고 싶은 마음이 커졌더랬다.

떠나는 마당에 마음 편하게 그냥 좀 보내주지 하는 아쉬움이 남아 여행 전까지 내내 불편했다. 그렇게 편한 마음으로 떠나지는 못했지만 그래도 내 욕심껏 떠나는 편이 좋겠다고 생각했다. 그리고 그때 떠나길 잘했다고 두고두고 생각한다. 그때 떠나지 않았더라면 다음 여행 역시 혼자는 못 갔을지도 모르니까. 그 후로도 혼자 결심한 여행은 번번이 '엄마의 걱정'이라는 바리케이드 탓에 순탄하게 내 맘대로 훽 떠날 수는 없었지만 전보다는 덜한 반대 속에서, 혹은 전보다 더 뻔뻔해진 마음 덕에 떠날 수 있었다.

이런 장벽들을 넘어 도착한 제주인데, 막상 도착하니 큰 감흥이 없었다. 자연물이지만 인공물처럼 보이는 야자수가 심어져 있을 뿐 이것도 대단한 일탈의 기분을 주진 않았다. 덤덤한 마음으로 버스에 올라타서 창밖을 보는데 역시나 설레는 마음보다는 '음, 그렇군' 하는 마음만 들었다. 아마도 날이 궂었던 터라 감흥이 덜했던 건지도 모르겠다. 도착한 숙소는 제주의 동쪽에 위치한 게스트하우스였는데 주인 내외도 조용한 분들이었고 동네도 퍽 조용했다. 심지어 투숙객도 나뿐이어서 모든 것이 조용했다.

짐을 적당히 풀고 밖으로 나온 나는 제주의 동쪽에 무슨 재미난 것들이 있는지, 혹은 재미난 것이 있는 곳으로 가려면 어떻게 해야 하는지도 몰랐다. 찾아보질 않았으니까. 그래서 코앞에 보이는 바다를 향해 저벅저벅 걸어갔다. 걸어가면서 보이는 것은 형형색색의 지붕들, 검은 현무암 돌담들, 우중충한 회색빛의 바다, 그뿐이었다. 그래서 그냥 쭉 걸었다.

어떤 감상도 없이 그냥 보이는 것들을 그대로 눈에 담기도록 허락해주고, 그냥 앞뒤로 팔다리를 휘저으며 정처없이 하루를 보냈다. 그렇게 비슷한 이틀을 보내면서 내가 본 것은 숙소 근처의 당근밭, 숙소 뒤에 있는 초등학교, 마당에 앉은 어수룩한 얼굴의 개들, 돌담에 널린 해녀복, 해초가 뒤엉킨 그물망이 전부였다. 그런데 그것들을 보는 것이 좋았다. 왜 하필 저 집은 주황색 지붕일까, 이 집에는 해녀가 사는구나, 물질을 하면 하루에 몇 개의 전복을 캘 수 있을까 등등 시시한 상상을 했을 뿐이다. 그림을 그리러 갔던, 백석 시인의 시를 간판으로 내건 카페에서 공짜로 와플을 선물 받았을 때 전한 감사 인사가 하루 대화의 전부였지만 그 뜻밖의 친절함과 고요함이 긴 여운으로 남았다.

하지만 나도 사람인지라 셋째 날에는 입이 근질거렸고 그때부터는 지나가다 보이는 개들한테 말을 걸었던 것 같다. 그리고 셋째 날에는 아무 버스를 타고 아무 데서나 내린 후에 또 무작정 걸었다. 그날 본 것은 숙소 근처의 당근밭과는 미묘하게 다른 당근밭, 숙소 근처의 바닷가와는 미묘하게 다른 바닷가, 이끼가 잔뜩 낀 낡은 배 정도였다.

그렇게 또 하루를 보내고 숙소에 돌아와보니 다른 여행객들이 와 있었다. 제주의 여행객들은 한 게스트하우스에서 하루쯤 묵고 다른 곳으로 이동하는 것이 보통이어서 나처럼 일주일이나 연박하는 사람은 많지 않았다. 그래서 사장님도 나를 그저 하루 묵고 가는 투숙객으로 생각했는지 첫날 화장을 하고 도착한 것과 달리 다음날 너무나 꾸미지 않은 내모습을 보고 새로 온 투숙객에게 하듯 안내를 하려고 하셔서 머쓱하게 일주일 묵는 사람이라 일러두었다.

내 화장 전후가 많이 다르긴 하구나 깨닫고 씁쓸히 거실에 앉아 있는데 한 여자가 말을 건네왔다. 그녀는 혼자 왔고 유치원 선생님이라고 했다. 혼자 여행은 처음이라 오늘 온종일 한 마디도 안 했다며 이쪽에선 무엇이 볼 만한지 물었고 유명한 회국수는 먹어보았느냐고 물었다. 할 말이 없어 주저하고 있는데 또 다른 여자가 자기는 회국수 먹어봤다고 대화에 자연스럽게 스며들었다. 그녀는 간호대를 곧 졸업하는 학생이었다.

그렇게 성실한 여행자 두 명과 불성실한 나는 얼떨결에 대화를 하게 되었는데 참으로 묘한 경험이었다. 좀처럼 새로운 사람에게 넉살 좋게 대화를 거는 사람은 아닌 데다가 제주 여행에 대해서라면 당근밭 말고는 할 말도 없는 내가 제주에서 처음 본 여자 둘과 대화를 하기 시작한 것이다. 우리는 각자의 사는 이야기를 했고 제주에 혼자 온 이유를 말했고 키우는 개 이야기를 하다가 눈물을 흘렸으며 숙소 근처 주유소 앞 편의점에서 새벽 내내 땅콩 막걸리를 마셨다. 그중 제일 연장자였던 유치원 교사는 자신이 사겠다며 한 병쯤 호쾌하게 사주기도 했다. 선배한테 밥 얻어먹은 경험도 얼마 없던 내가 제주에서 처음 본 언니에게 막걸리를 얻어 마셨다.

다음 날, 나를 제외한 둘은 각자의 일정에 따라 떠났고 남겨진 나는 역시 목적지 없이 또 무작정 버스를 타고 나갔다. 그날도 여전히 나는 남들은 '굳이' 가지 않는 곳을 휘적거렸고 눈에 들어오는 대로 담았고 발이 닿는 카페에 아무렇게나 앉아 낙서를 했다. 사장님이 말을 걸면 대꾸도 하고 선물로 당근 케이크를 받는 일도 있었다.

이렇게 정처 없이 일주일을 보내고 돌아와서는 그 흔한 감귤 초콜릿 하나 사지 못해 김포 공항에서 사는 어처구니없는 짓도 벌였지만 여러 가지로 뜻깊은 여행이었다. 돌아와서 재미있었느냐 무엇을 보았느냐 등등 많은 사람에게 질문 세례를 받았지만 해줄 말은 많지 않았다. 여행 전 나에게 이곳저곳을 추천해주었던 친구는 적잖이 실망스러워 했지만 말이다.

하지만 오롯이 혼자일 수 있었던 최초의 경험은 나에게 평범하지만 은은하게 빛나는 풍경을 잔뜩 보여주었다. 타국에서 혼자일 때는 모든 것이 새롭기 때문에 그 공기에 에워싸여 걷기만 해도 정신을 못 차리게 된다. 그래서 혼자이든 여럿이든 새롭고 신선한 게 타국이다. 하지만 그리 낯설지 않은 곳에서의 혼자는 조금 다르다. 시간이 지나는 것을 초 단위로 우두커니 목격할 수 있고 별것도 아닌 것들을 바라보게 한다.

제주도에서 도대체 뭘 한 것인지 모르겠는데 돌아올 때는 떠나기 전의 나와는 미묘하게 다른 기운과 함께 이륙했다. 여행 책자에 가려진, 사람들의 시시하게 반복되는 일상을 생생하게 본 것 같았다. 혼자 떠날 일이 생긴다면 아주 새로운 곳이 아닌 곳으로의 여행을 추천하고 싶다. 제주에 가서 성산일출봉도 안 보고 고기국수는커녕 자장면이나 먹고 온 여행자이긴 하지만 나는 성산일출봉과 비자림을 안 본 시간만큼 다른 것을 볼 수 있었다. 2인 이상 주문이 되는 흑돼지를 먹지 않은 대신 제주의 한 초등학교 앞 분식집에서 떡볶이라든지 동네 중국집에서 자장면을 먹어볼 수 있는 경험을 선물받았다. 게다가 다시 제주를 간다

하더라도 아직도 보지 못한 게 무궁무진하니 언제 가든 볼거리가 넘쳐난다. 한 번 가면 다시는 안 갈 것도 아닌데 한 번쯤은 느릿느릿 여행해보는 것도 좋다. 맛있는 것은 마지막에 더 맛있게 먹는다는 마음으로.

젖은
머리카락

연애에 대해서라면 그다지 잘 알지 못해서 이런 글은 멋쩍지만 언젠가 교제하던 친구와 헤어지고 났을 때 생각했던 비유가 샤워할 때면 종종 생각난다. 샤워할 때 몸에 붙은 젖은 머리카락을 상상해보자. 분명 머리에 붙어 있을 땐 너무나도 소중했던 내 모발 한 올이었다. 그런데 샤워를 마친 향긋하고 깨끗한 몸에 머리에서 떨어진 젖은 한 올이 붙어버리면 방금까지만 해도 내 머리카락이었던 그 한 올이 영 께름칙한 존재가 된다. 그래서 인상을 힘껏 쓰고 입꼬리를 양옆으로 길게 늘인 표정을 짓게 된다. 그 표정을 유지한 채 엄지와 검지로 머리카락을 잡아 허공에 마구 휘둘러 떼어내면 그렇게 바닥에 떨어진 머리카락은 애처롭지만 하수구로 흘러 들어간다. 조금 전만 해도 소중한 내 머리카락이었는데 말이다.

헤어지기 전엔 그렇게나 소중하고 특별했던 사람이 헤어지고 난 후에는 영 남이 되는 점이나, 질척거릴수록 더 싫은 존재가 되어버린다는 점이 샤워 중 몸에 붙은 젖은 머리카락과 참 비슷하다고 생각했다. 그렇다면 차라리 그냥 빗질로 바닥에 떨어진, 그런 젖지 않은 머리카락이 되는 게 나을지도 모른다. 젖은 머리카락의 존재는 어딘가 서글프지만 뭔가 싫은 건 사실이다. 어쨌든 저 비유를 떠올리고 난 후로는 너무 매몰차게 머리카락을 떼어내진 않게 되었다. 조금 미안하달까.

지나간 라디오를 듣는 일

제아무리 혼자인 것을 더 좋아하고 혼자일 때 비로소 자유롭다고 느끼는 사람이라도 매일 하루의 절반 이상을 대화 한 마디 없이 지내다 보면 어느 날은 문득 사람 소리가 그리워진다. 그래서 찾게 된 것이 팟캐스트였다. 팟캐스트에는 다양한 방송이 있지만 모든 방송이 내 취향에 맞는 것은 아니니 평소 듣는 소수의 몇 가지만 계속 듣게 되는데 이것들이 격주마다 업로드되거나 짧아야 일주일에 한 번 올라오는 까닭에 초 단위로 시간을 바라보며 살고 있는 나 같은 프리랜서는 팟캐스트만으로는 영 아쉽고 부족하다. 두 시간 남짓 듣고 나면 사람 소리가 사라지기 때문이다.

처음 팟캐스트를 들을 땐 문학 방송부터 듣다가 점차 영화,

심리학, 불교 경전까지 섭렵하게 되었다. 이것도 모자라 자녀교육 방송까지 들으며 수많은 학부형의 사연에 눈물짓는 날도 있었다. 그렇게 주야장천 팟캐스트를 틀어놓다 보니 이제 웬만한 방송은 다 들어버려서 마땅한 것을 새로이 찾아야만 했다. 그러다 찾은 것이 지나간 라디오였다. 지난 라디오 방송의 녹음 파일도 팟캐스트에 고이 저장되어 있다는 사실을 알고 혹시나 하는 마음에 학창 시절 들었던 라디오를 찾았는데 감사하게도 2년 반치의 분량이 고이 저장되어 있었다. 그날부터 내 귀는 8년 전으로 돌아가 살게 되었다.

10학년도 수능 전날, 라디오에 몰린 수많은 고3 수험생들의 문자를 들으며 나는 나의 수능을 떠올렸다. 지금은 다 스물일곱이 되었을, 얼굴도 모르는 그 사람들이 친구처럼 느껴졌다. 그 날 나는 이 라디오를 들으며 눈을 꾹 감고 제발 평소만큼이라도 점수가 나오게 해달라고 기도했고 DJ가 틀어준 응원용 음악에 응앙응앙 울었다. 수능 당일에는 아침부터 이상하게 기분도 좋았고 제일 좋아하는 진초록 후드티도 입을 수 있었다. 평소라면 교복 위에 그런 사복을 입는 것은 꿈도 못 꿀 일이었지만 그날만큼은 사복을 멋대로 입고 교문을 들어서면서도 지적 대신 응원을 받을 수 있었다. 점심에 엄마가 싸준 찰밥 도시락도 참 맛있었다. 돌아와서는 모니터에 앉아 벌렁거리는 심장을 안고 가채점을 하고 생각보다 잘 나온 점수에 엄마와 부둥켜안고 기쁨의 눈물을 두어 방울 흘리다가 간장 치킨을 시켜 먹었던 기억이 났다.

2010년 연초에는 눈이 아주 많이 와서 DJ는 사람들의 출퇴근길을 걱정했고 나도 그날 눈이 너무 많이 와서 휴강했던 아주 즐거운 기억이 났다. 그해 크리스마스 방송에서는 연인이 없어 '안 생겨요' 하는 우울한 문자가 쇄도하였다. 나도 새내기 때 8개월 정도 만난 첫사랑에게 막 실연을 당했던 터라 몹시 큰 슬픔 속에서 식음을 전폐하고 있었다. 그 친구에게 받은 편지를 드라마에서처럼 불태워서 잊어버리겠다고 마음을 먹었다. 평소 드라마를 잘 보지도 않으면서 왜 그랬는지는 모르겠다.

제일 가슴 아픈 한 장을 쥐고 라이터를 켰는데 손에 불씨가 살짝 튀었고 놀란 나머지 종이를 놓쳐버렸다. 그 편지는 그만 책상 뒤 컴퓨터 본체 쪽으로 쏙 들어가버렸는데 전선도 많은 그곳에 불이 붙으면 큰일이다 싶어서 그 좁은 본체 뒤를 허겁지겁 맨손으로 파닥거렸다. 하지만 도무지 불은 꺼지지를 않았고 못난 딸이 고작 남자 때문에 집을 다 태워먹는구나 싶어서 왼손쯤 희생하자는 마음으로 벽에 찰싹 붙은 본체에 경박하게 손 부채질을 해가며 불씨를 잡는데 문득 손이 뜨겁지 않다는 사실을 깨달았다. 게다가 그 불빛은 일정한 주기로 반짝이고 있었다.

좁다란 구석에 머리를 넣고 보니 그 노란 빛은 편지에서 붙은 불이 아니라 본체 뒷면에 달린 작은 LED 전구의 빛이었다. 편지는 불이 붙기는커녕 먼지만 조금 묻은 채로 다시 내 손에 쥐어졌고 더 약이 오른 나는 그것을 북북 찢어버렸다.

그 후로 2011년 11월까지의 라디오 방송이 녹음된 파일들이 있었고 그사이에 잊었던 많은 일이 그 안에 라이브로 저장되어 있었다. 누군가 세상을 떠난 일, 한반도가 위험에 처했던 일 등 다양한 사회적인 일들을 DJ는 침잠한 목소리로 전달해주었고 뒤이어 단조의 슬픈 음악들이 나오곤 했다. 하지만 대부분의 녹음 파일들은 어제치의 방송인지, 수년 전 방송인지 알 수 없을 정도로 똑같았다. 취업이 잘 되지 않아 면목 없는 대학생들, 고시 준비하다가 실연한 수험생, 어른들이 나누는 이야기가 뭔지는 모르겠지만 재미있어서 듣는다는 청소년들, 나처럼 새벽 작업 중인 일러스트레이터, 만화가도 종종 사연을 보내왔다.

벌써 이 방송이 거의 10년 전 일이 되었다는 사실에 세월이 야속하다가도 사람들의 사연을 듣다 보면 너무도 비슷한 생활 양상, 생각들에 나는 안도하기도 했다. 그 후로 흘러나온 과거의 노래들 때문에 다시금 세월이 야속해졌지만 말이다. 소녀시대가 막 데뷔를 해서 노래를 하기도 하고, 지금은 어엿하게 자리매김한 장기하와얼굴들이 그 방송 속에선 신랄하고 패기 있는 노래를 하는 신인으로 등장한다. 또 토이 7집은 도대체 언제 나오느냐고 아우성이었지만 지금은 벌써 몇 년 전에 나온 앨범이 되었다. 이때는 사귀었지만 지금은 다른 이와 결혼한 유명인도, 이때는 사귀지 않았지만 지금은 결혼한 게스트 두 명의 미묘한 대화도 지금은 그냥 넘겨들을 수가 없다. 사람 사는 일은 비슷하다가도 다르고, 알다가도 모르겠다.

아무튼 그렇게 지나간 라디오는 내게 '사람 사는 모습이야 어차피 다들 소소하고 비슷하게 흘러가니 아쉬워 말라'는 위로도 해주었고, 그럼에도 시간은 시나브로 이만큼 흘러왔다며 정신 차리라 흔들어 깨워주기도 하였다. 가장 고마운 것은 지나간 수많은 평범한 일상들, 그래서 기억하는 것이 더 어색한 일상의 편린들을 은근슬쩍 내밀어준다는 것이다. 매일 지루하게 똑같다고 생각했던 하루하루는 돌이켜보면 순탄하게 잘 마무리되어준 고마운 시간들이다. 그게 모여서 지금이 되었다.

'오늘도! 아무 일도! 안 일어났어!' 하는 시시한 날들이 감사하게 모였구나. 그래서 내가 지금 살아서 이걸 흐흐거리며 되새김질하는구나 싶다. 아무 일도 일어나지 않았지만 순탄한 하루가 모여주어서 고맙고 그 모든 시간을 잘 버티고 살아낼 수 있어서 운이 좋았다고 생각한다. 내 평범하지만 시시한 하루가 소중한 시간이었다는 것을 알려준 지나간 라디오야, 고맙다. 나중에 맥주 한 잔 사주고 싶다.

1月
27
2018

할 일은 과대평가,
불안은 과소평가

살면서 겪은 대부분의 '할 일'들은 내 생각보다 많았고, 어렵고, 품도 많이 들었다. 수많은 숙제, 일기 그리고 작업이 그래왔다. '3일이면 충분해', '내일 해도 되겠지'라고 생각해서 미루고 미루다 데드라인 앞에서 땅을 치고 후회한 게 몇 번이던가. 내가 늘 같은 곳만 쳤다면 그 바닥은 푹 꺼져 있을 것이다. '할 일 먼저, 노는 거 나중'이라는 교훈은 인생에서 내가 제일 많이 복습하고 있는 깨달음인데도 여전히 지켜지지 않는다. 할 일은 감히 과소평가해선 안 된다. 언제나 당신의 생각보다 오래 걸릴 테고, 복잡할 테니까.

하지만 살면서 겪은 대부분의 불안의 실체들은 내 생각보다 작고 나약했다. 돌이켜 보면 일기 좀 밀렸다고 선생님이 내 멱살

anxiety

을 잡을 리도 만무했으며, 중간고사 좀 망쳤다고 대학에 못 갈 일도 아니었다. 원하던 것을 이루지 못했을 때는 그저 이를 겸허히 받아들이고 차선의 것을 택했고, 길이 막히면 별 수 없었기에 다른 길로 돌아가기도 했다. 망쳤다고 모든 것을 놓아버릴 수는 없었으니까 말이다. 숨 쉬는 한 살아내어야 하는 것이 인간이고, 다행히도 이런 부분에서 시간은 우리의 편이다. 최악이라 생각한 날들도 적당히 무마해주고 그저 받아들이도록 참 잘 도와주기 때문이다. 그러니 불안을 너무 과대평가할 필요가 있나 싶다.

목소리에 대하여

나는 비교적 저음의 목소리를 가졌다. 지인 중엔 나의 목소리를 '지하 3층' 목소리라고 칭해주는 이들도 있고 가끔 남자친구보다 낮은 목소리를 내어 놀라게 하는 장난도 곧잘 먹히니까 여자치고 낮은 목소리는 맞다. 나의 꽤 정확한 기억에 따르면 초등학교 5학년 때부터 남달리 목소리가 저음이었던 것으로 추정된다.

5학년 때, 친하게 지내던 '준희'라는 친구한테 놀자고 전화를 했다가 준희가 아닌 그 애의 오빠가 받은 적이 있었다. 당시 나는 고작 열두 살이었지만 열두 살 소녀에게도 남자는 남자인지라 신경이 쓰여서 "저 준희 친군데 준희 있나요?" 하고 한껏 가다듬은 친절한 목소리로 말을 건넸다. 그랬더니 돌아오는 메아리는 "잠시만, 준희야! 남자친구 전화 왔다!"였다. 그때부터 나는 느낄 수 있었다. 내 목소리가 보통의 여아들과 다르다는 것을.

그 후로 중학교에 입학했던 첫날, 새 학기면 늘 그렇듯 시키는 자기소개를 했을 때에도 그랬다. 서른 명도 넘는 아이들 앞에서 자기소개를 해야 한다는 것이 중딩에게 얼마나 떨리는 일인지. 그래서 마음과 목을 가다듬어 최대한 상냥한 목소리로 담백하게 내 소개를 하고 자리에 돌아와 앉았는데 뒷자리 앉은 남자애가 등을 툭툭 치더니 "너 목소리 멋있다" 하고 키득대는 것이 아닌가. 하굣길에 한 번만 더 내 목소리를 들려달라는 발랄하고 극성맞은 여학우들 때문에 애먹었던 기억이 있는가 하면, 시골 사는 할아버지가 오빠와 내 목소리를 혼동하는 일도 있었는데 "할아버지, 저 태양이가 아니라 혜령이에요"라고 설명하다가 지쳐 그냥 "네, 태양입니다" 하기도 했다.

대학을 졸업하고 일을 시작하여 클라이언트와 미팅을 할 때에도 유선 연락만 하다가 막상 미팅에 나가면 나를 찾지 못하는 에피소드도 종종 벌어졌으니 이 정도면 누가 들어도 참 낮은 목소리는 맞다. 그래도 그게 날 괴롭히는 콤플렉스는 아니다. 가끔 여자 아이돌의 귀여운 노래를 함께 흥얼거리고 싶지만 음이 올라가지 않아 포기할 때는 좀 서글프지만 말이다.

낮은 목소리로 살아온 세월이 짧지 않으니 이제는 그러려니

하지만, 근래엔 사람들의 반응이 약간 바뀌어서 조금 신경이 쓰이게 되었다. 수요일마다 내가 사는 아파트에는 분식 트럭이 온다. 나는 자타가 공인하는 떡볶이 요정으로서 매주 한 번씩 그 트럭을 찾곤 했다. 사장님이 포장을 하시는 동안 간단한 대화도 나눈다. 나에겐 반가운 존재이기 때문에 항상 '상냥한 아가씨' 목소리를 준비하고 그 트럭을 찾는데 언젠가는 사장님이 "목소리 들어보니 감기 걸렸네. 어쩌다가 그랬어요?" 하시는 것이 아닌가. 너무나도 건강했던 나는 예상치 못한 사장님의 감기 걱정에 나도 모르게 "그러게요"라고 거짓말을 해버렸다. 거짓 기침도 조금 섞어서. 그리고 그다음 주에는 "아직도 안 나았어요? 어떡한담……"이라는 말을 들었고 또 그다음 주에는 "그 감기 참 오래가네요. 환절기 감기가 무섭다니까"라는 소리를 들었다. 어째서일까.

그뿐 아니다. 한 편집자와 유선으로 대강의 업무 내용을 주고받는데 그때도 편집자는 "작가님 목소리가 안 좋으세요. 마감 때문에 컨디션 안 좋으시죠" 하고 걱정해주었다. 물론 그때도 내 목은 튼튼했다. 전화를 끊고 메일로 다시 구체적인 설명을 주겠다 하여 메일을 기다렸는데 메일에 이렇게 적혀 있었다.

'작가님 목소리가 너무 안 좋으셔서 깜짝 놀랐어요. ㅠㅠ 무리하지 마시고 다음 주 중에만 주세요.'

그래서 나는 또 어쩔 수 없이 '예, 요즘 감기 무섭네요. 감기 조심하시길 바랍니다' 하고 거짓말을 해버렸다. 목감기 안 걸렸다고 이실직고하면 상대가 무안할 테니까 말이다. 그래도 그날은 목소리 덕분에 작업의 말미도 얻고 저녁엔 맥주도 마셨으니 결과적으로는 잘된 일이다. 그런데 도대체 어떻게 목소리를 내야 사람들이 걱정하지 않을까 하는 게 요즘의 사소한 고민이다.

1인용 의자

모두에게는 각자 짊어질 의자가 한 개씩 있는 것 같다. 다른 것에 비해 더 푹신할 수도, 등받이가 있을 수도, 팔걸이는 없을 수도 있는, 모양과 색과 재질이 다양한 의자를 각자 짊어지고 있어서 어느 좌표에나 마음대로 놓을 수 있지만 기본적으로 한 자리라는 것과 본인만이 그 1인용 의자를 옮길 수 있다는 점은 모두 동일하다.

그래서 멀리서 보면 여럿이 모여 있는 것 같기도 하고 딱 붙은 하나인 것 같이 보이는 부분도 있지만 실은 의자를 가까이 놓았을 뿐 기본적으로 의자는 한 자리이고 절대 나눠 앉을 수 없다.

나와 옹기종기 위치해 있던 다른 이들의 의자가 조금씩 멀어져 그 거리를 체감하고 나면 우리가 한 의자에 나눠 앉은 것이 아니라 각자의 의자에 앉아 가까운 좌표에 있었던 것뿐이구나 하고 비로소 깨닫는다. 모두는 그냥 각자의 의자에 오롯이 혼자 앉아 있다. 좌표의 문제일 뿐인데 같은 의자를 공유하고 있다고 착각하는 일은 삼가야겠지. 함부로 남의 무릎에 앉거나, 발을 올리거나, 자리를 더 차지하려고 하지 말아야겠지.

모두에게는 각자가 짊어질
1인용 의자가 있는 것 같다.

딱딱하거나 푹신하거나,
등받이가 있거나 없거나
노란색일수도, 파란색일수도 있고
어느 좌표에나 놓을 수도 있지만
기본적으로 단 한 자리라는 것엔
모두 동일한 그런 의자.

가까이 붙어 앉아있는 것 같아도, 여럿이 함께 앉아있는 것 같아도
자세히 보면 모두가 각자의 의자를 끌고와 앉았을 뿐이다.
언제고 흩어질 수있는, 언제나 단 한 사람만 앉을 수 있는 각자의 1인용 의자들.
모두가 그런 1인용 의자를 가지고 태어나는 것 같다.

다행히도 먼지같은 나

모르는 사람이 본 나

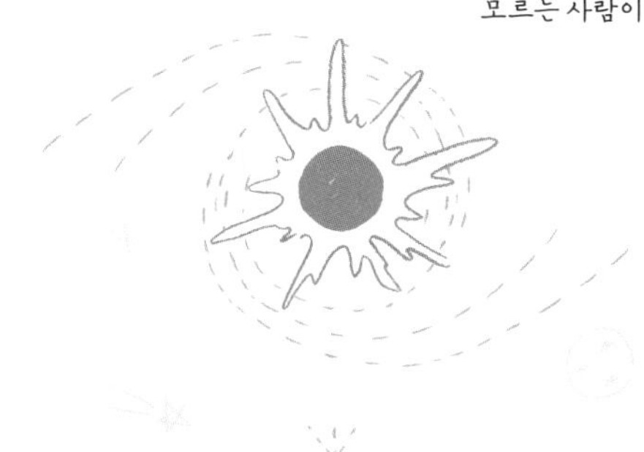

우주에서 보는 나

PART

Ⅱ

사람은 각자가 모두 우주인 걸

보디로션

물건에 큰 욕심이 있는 편은 아니라서 쇼핑을 즐기지는 않지만 그래도 내가 욕심내어 사는 것이 있다면 보디로션이 대표적이라고 할 수 있다. 보통 물건을 살 때는 정말 필요해서 '사야만 한다'고 여덟 번쯤 생각했을 시점이기 때문에 말 그대로 '정말, 정말 이제는 사야 한다' 수준이 되어서야 사는 편이다. 물건 하나를 사기 위해선 이미 가지고 있는 것들을 머릿속에 늘어놓고 가늠해보아야만 직성이 풀리는 성격 탓에 뭘 사더라도 마음이 굉장히 복잡해지기 때문이다.

그래서 좀처럼 감정에 이끌려 소비하는 일도 많지 않고 결국 고민하다 지칠 때쯤 어이없는 물건을 사버리는 일이 보통이다. 그렇기 때문에 물건을 사는 일은 나에게 그다지 큰 기쁨을 주지 않는다(먹고 마시는 것 제외). 다만 그나마도 욕심내어 사고야 마는 것이 있다면 보디로션이다. 핸드크림도 아니고 수분 크림도 아니고 향수도 아니다. 보디로션이어야만 한다. 집에 있는 것들이 아직 묵직하더라도, 다른 보디로션이 여러 개가 있어도 그렇다. 지나가다 우연히라도(우연이라기엔 제 발로 찾아가는 일이 다반사지만) 보디로션을 발견하면 결국엔 사게 된다.

이런 이상한 소비 행태는 어디서 기인하는 것일까 곰곰이 생각해봤지만 유래를 알 길이 없다. 딱히 그걸 바르는 행위를 좋아하는 것도 아니고 화장대에 떡하니 덩치 좋게 자리를 차지하는 그것들을 보는 것을 즐기지도 않는다. 향기를 다양하게 콜렉팅하는 것도 아니고 결국 늘 비슷한 향을 사거나 한 번에 두세 가지 다른 향을 겹겹이 발라 말도 안 되는 향을 뿜어내기도 하니까 향기 때문만도 아니다.

다만 한 가지 가장 유력한 이유를 꼽자면 보디로션에게서 보호받는 기분 정도가 있다. 이상하지만 나는 보디로션을 바르면 보호막을 하나 입은 것 같다. 으레 화장품 광고에서 말하는 '수분 보호막' 같은 것 말고 진짜 보호막 말이다. 왠지 보디로션을 꼼꼼히 바르면 한동안, 아니 꽤 장시간 동안 그것이 나를 감싸 안고 있다는 느낌을 받는다. 유분감이라든지 은은하게 나는 향기라든지 그런 것들이 나를 감싸고 있다는 기분이 들어서 좋다.

BODY
BABY LOT
CReam

유분감이 얼마나 끈덕지든, 향기가 무엇이든 그런 건 큰 문제가 아니다. 그냥 그걸 바른 그 상태가 내게 보호받고 있다는 기분을 준다. 이것들이 내게 일순간 들이닥칠지도 모르는 외력을 막아주는 것도 아니지만 그냥 그런 기분이 든다는 것이다. 무심코 턱을 괴었을 때, 인중이 간지러워 긁을 때, 자려고 새우 모양으로 등을 굽혔을 때 은은하게 나는 향기가 '나 여기에 너랑 딱 붙어 있었어! 몰랐지!' 하고 손을 흔드는 것 같다.

'일상의 많은 것이 그저 스쳐 지나가고 쉽게 휘발하는 중에도 그나마 가장 가까이에서 나를 떠나지 않고 보듬는 것 같아서'라고 궁색하지만 있어 보이는 이유를 덧붙여본다. 아무튼 그래서 요즘도 많은 보디로션의 유혹 속에서 힘겹게 화장품 가게를 외면하며 지갑을 보호하는 중이지만 겨울이야말로 보디로션의 계절이다. 두터이 겹쳐 입은 내의와 스웨터 속에서 잠자코 있는 보디로션이 어딜 가든 내 곁에서 나만 알 수 있게 존재하고 있으니 겨울이야말로 보디로션과 하나 되는 계절이라고 할 수 있습니다.

제가 요즘 빠진 보디로션은 '존슨즈 베이비 로션'입니다. 어린 시절 엄마의 지침에 따라 바르던 그 노란 통의 향수를 20대 후반에도 느끼고 있어요. 그 시절 애청하던 〈모여라 꿈동산〉 같은 것들이 자연스레 떠오르는 요즘입니다.

운 좋은 인간

자기가 좋아하는 것이 무엇인지 스스로 안다는 것은 얼마나 큰 행운인가 생각한다. 내가 가진 운 중 제일 큰 행운은 바로 이것이다. 마음을 다해 지치지 않고 좋아할 수 있는 일이 무엇인지 빨리 알아차린 것, 그래서 그걸 어떻게든 해보려고 무식하게 돌진할 용기를 낸 것이 내가 가진 제일 큰 행운이다. 나의 다른 모든 것이 변하고 흔들릴 때에도 그림을 좋아하는 마음만큼은 흔들리지 않았다(아직까지는).

그림을 그리는 것으로 1인분만이라도 하고 살 수 있다면 얼마나 좋을까 바라온 간절한 시간들이 있었다. 유치하지만 자기 전, 땀나도록 두 손을 부여잡고 일 좀 들어오게 해달라며 달에게 빌어보기도 했고, 별다른 일도 하지 못한 채 수개월이나 버티고 있을 때에도 밤새 이 그림 저 그림 그리며 언젠간 벌이를 할 수 있을 것이고 또 그렇게 만들고야 말겠다며 맥락 없는 희망을 갖기도 했었다. 내가 처음 잡지에 그림을 그렸을 때, 나는 나흘을 꼬박 새우고 그린 한 점의 그림으로 15만 원을 받았다. 처음 받아본 의뢰에 뛸 듯 기뻐서 엄마한테는 마치 150만 원이라도 되는 양 으스댔고 이 길을 꼭 걸어보겠다고 고집을 부렸다. 이 돈으로 1인분은 턱도 없다는 사실을 속으로 알고 있었지만 말이다.

그런 초라한 시간을 견딜 수 있었던 까닭은 바로 내가 좋아하는 일이 무엇인지 알았기 때문인 것 같다. 그다지 대단한 실력이나 감각의 소유자도 아닌데 그냥 좋아한다는 이유로 무식하게 들이댈 수 있는 에너지를 가졌음에 감사한다. 지금 이럭저럭 그림 그리며 삶을 굴릴 수 있다는 것 또한 감사하다. 좋아하는 일을 하며 시간을 보낼 수 있는 나는 정말 운이 좋은 사람이다. 그리고 내 그림을 찾아주는 사람들이 있다는 것도 엄청난 운이다. 고맙습니다, 모두. 제가 잘할게요.

대수롭지 않은

나는 대부분의 일을 대수롭지 않게 생각하려는 경향이 있다. 어떤 일은 정말로 대수롭지 않기도 하고 또 어떤 일은 실제로 심각한 일이기도 해서 반은 좋고 반은 위험한 성격인 것이다. 아무튼 이런 무심한 성격 탓에 나는 가끔 내가 속한 문제로부터 유체 이탈하는 경험을 종종 한다. 나를 제외한 나머지 사람들이 진지하게 논의하는 모습이나 열정적으로 매진하는 모습을 보면 나는 생경한 기분에 사로잡힌다. '이게 이렇게나 중요한 일이었구나' 하고 뒤늦게 깨닫는 것이다.

고등학교 1학년 봄에도 그랬다. 새 학기면 '환경 미화'라고 해서 어느 반이 제일 아름답고 청결하게 꾸몄는지를 평가하여 상을 주는 행사가 있었다. 나는 교과서에 낙서를 자주 한다는 이유만으로 차출되어 방과 후에 교실을 꾸미고 있었다. 도대체 이게 뭐라고 남아서 부직포를 꽃 모양으로 오리고 있어야 하나 어리둥절하고 있던 와중에 한 친구가 별안간 교실 문을 확 열고는 눈을 동그랗게 뜨며 수선을 떨었다.

"옆 반에는 골판지에 펄이 들어가 있는데?! 우리도 펄 들어간 골판지를 사야 하는 거 아니야?"

이 친구, 몰래 옆 반을 염탐한 것이다(다시 생각해도 귀엽다). 펄 골판지든 그냥 골판지든 그게 뭐가 중요하단 말인가. 게다가 굳이 옆 반의 상황을 보러 다녀오는 열정도 나로서는 대단하다고 느낄 수밖에 없었다. 그제야 나는 모두에게 이 환경 미화가 꽤 중요한 문제였다는 것을 깨달았다. 친구들의 이 순수한 열정에 동참하지 못했다는 죄책감이 이내 밀려왔고 나는 그 죄책감을 덜어내려고 늦은 밤 가파른 언덕을 내려가 문방구에서 펄 골판지를 사 왔다. 사비로.

성인이 되고 나서도 이와 비슷한 유체 이탈의 사례가 종종 벌어지곤 했다. 내가 흰옷에 찌개 국물을 흘렸을 때에도 내 옷을 걱정해준 것은 나 자신이 아니라 나와 함께 있던 친구였다. 내 옷이었지만 나는 찌개를 흘린 순간 그 상황과 이미 분리되었고, 별로 상관없다며 여러 번 말했음에도 친구는 세탁 방법과 노하우, 국물 지우는 데 효과가 대단한 세제 등 상당히 다양한 정보를 제공해주었다. 그녀의 세탁 열정에 나는 감탄했다. 자기 옷도 아닌데 말이다.

맥주를 거나하게 마시고 헐레벌떡 통금 시간에 맞춰서 집에 가다가 가방을 택시에 두고 내렸을 때에도 가방을 찾을 방법을 친절히 알아봐준 것은 내가 아니라 같이 술을 마셨던 친구였다. 정작 주인인 나는 내 탓이니 겸허히 받아들이자는 이상한 반성 아닌 반성을 하고 있었는데 말이다. 그때도 나보다 더 놀라서 방법을 알아봐준 그녀의 친절에 감탄하였다. 가방을 잃어버리는 일이란 이렇게나 중한 일이구나. 나는 무슨 생각으로 사는 인간이기에 매사를 대강 넘기려고 하는 것인가 다시금 생각했다.

아무튼 대수롭지 않게 생각하거나 빠르게 체념하는 성격은 사는 데 많은 평화를 주는 건 사실이다. 게다가 때로는 이렇게 타인의 순수한 열정과 공감 능력을 발견하는 신선한 기분도 선사한다. 그렇지만 대수로운 일까지도 대수롭지 않게 여기는 이상한 버릇은 갖다 버려야지 싶긴 하다.

‘그렇지?’ 공격

‘그렇지?’ 공격이라는 것이 있다. 앞선 말에 대해 공감을 구하는 말인 ‘그렇지?’를 찰떡같은 타이밍에 덧붙임으로써 상대로 하여금 ‘그렇지’ 하고 공감할 수밖에 없는 무력한 상태로 만드는 공격이다. 갈등과 소란을 좋아하지 않는 나로서는 대부분의 ‘그렇지?’ 공격에 너그러이 항복한다. 상대가 명백하게 그른 말을 내뱉는다든지, 내 취향과 잣대가 확고하게 있는 항목이 아닌 한 그렇다고 고개를 곧잘 끄덕인다. 가령 “고구마는 역시 호박 고구마가 맛있지, 그렇지?” “끄덕(본인은 밤고구마를 좋아한다)”, “탕에는 소주가 잘 어울리지, 그렇지?” “끄덕(본인은 소주를 못 마신다)” 등등의 것들 말이다.

그런 나지만 앞선 말이 나에 대한 평가나 통찰일 경우에는

그렇지?
그렇지?
그렇지?

속에서 발끈한다. 특히 나와 그다지 인연이 깊지 않다고 생각하던 사람이 내뱉은 통찰에 대해서라면 더욱 그랬다. 일 년에 서너 번도 마주치지 않았던 동기가 친히 평가해준 나의 연애 스타일이라든가 고작 세 번 본 클라이언트가 단정 지어주는 나의 작업 방식이 이에 해당한다. 그 예문으로는 "혜령 씨는 이런 것 안 좋아하지 않아요? 그렇죠?", "혜령 씨는 좀 조용한 편이죠, 그렇죠?", "혜령 씨는 어디 나가는 것 별로 안 좋아하죠, 그렇죠?", "너는 약간 그런 사람 좋아하잖아, 그렇지?" 등등이 있다. 너무 많은 '그렇지?' 공격 속에 사는 중이라 나열하기도 손 아프다.

'그렇지?' 공격을 받았을 때 보통은 함부로 나를 정의당한 것 같은 언짢음에 "네가 뭘 안다고"라는 말이 목젖까지 차올랐지만 요즘엔 '호오, 그런가', '그럴 수도……', '그렇다면 좀 꼴사나웠겠는걸?' 하는 생각도 든다. 나에 대해서라면 내가 제일로 잘 안다는 생각(혹은 환상)이 깨지고 난 뒤에 그렇게 되었다. 나로 사는 날들이 많아질수록 점점 더 그렇게 된다. 그래서 요즘엔 "너 OO한 것 같아, 그렇지?"라는 공격을 마주하면 상대에 따라 반감도 들지만 그 마음 뒤로 '그랬나, 내가?' 하는 그림자도 함께 진다. 그리고 마음의 매무새를 고쳐보게 된다. 하지만 여전히 본능적으로 드는 생각은 누군가를 단정 짓는 말을 쉽게 내뱉는 사람은 별로 가까이하고 싶지 않다는 것이다. 사람은 각자가 모두 우주인 걸.

공론화

공론화함으로써 문제를 수면 위로 끌어올릴 수는 있지만 그것은 문제의 낯짝이 뭔지 볼 수 있게 할 뿐이지 그것만으로 문제가 해결되는 것은 아니다. 그런 까닭으로 문제를 낚아서 끌어올렸는데 징그러운 심해어가 낚여오더라도 베링해 43년 차 어부의 담대한 마음으로 그 심해어를 차분히 회 쳐 먹을 자신이 있는지 스스로 숙고해보아야 한다.

긁어 부스럼인지 아닌지 잘 판단하여야 한다는 말을 길게 해보았다. 가끔은 공론화해서 돌이킬 수 없는 상태가 되는 일들도 있기 때문이다. 좋은 방향이든 나쁜 방향이든 말이다. 수면 위로 올라온 문제를 해결할 에너지가 나에게 있는가, 그럴 용기는 그럼 있는가 깊게 생각해볼 일이다.

바보짓에 대하여 1

나는 칠칠치 못한 인간인 까닭에 일상 속에서 바보 같은 짓을 자주 일삼는다. 기억나는 바보짓에 대해 몇 가지 적어본다. 가벼운 바보짓에는 비빔면 불어서 먹기, 한 봉지에 두 개 들은 과자를 하나만 먹고 다 먹은 줄 알기(껍질 버릴 때 깨닫고 즐거워하는 것이 포인트다), 청양고추 만지고 눈 비비기 등이 있지만 이 정도는 남들도 종종 일삼는 작은 실수에 속한다고 생각한다. 하지만 나는 이보다 더 나아간 짓도 종종 일삼기에 '아, 나란 인간은 참된 바보로구나' 하고 생각하는 날이 많다.

한번은 일을 마친 늦은 오후에 베란다에서 느긋하게 커피를 마시다가 멀리 건너편 아파트에 불이 붙은 것을 보게 되었다. 멀리서 봐도 최소 네 개 층에는 불이 붙어서 시뻘겋게 타오르고 있었다. 깜짝 놀라 마시던 커피를 내려놓고 인터넷에 우리 동네에 불이 난 건 아닌지 속보를 찾아보았다. 하지만 아무리 찾아보아도 그런 속보는 없었고, 이것 정말 큰일이로구나 싶어서 안절부절못했다. 제발 사람은 다치지 않길, 불이 얼른 꺼지길 멀리서 기도하고 또 기도했다.

10여 분이 지났다. 불은 네 개 층에서 두 개 층으로 줄어 다행히 소방관이 왔구나 싶었다. 그리고 이내 불이 다 꺼졌고 정말 다행이라고 생각했다. 하지만 그래도 불이 나는 것을 생생히 목격한 것은 처음이라 심장은 여전히 방망이질 중이었다. 놀란 가슴을 진정하고 창밖 풍경을 다시 보았다. 아파트에 붙은 불도 꺼졌지만 마찬가지로 해도 져 있었다. 화재 진압과 일몰이 이렇게나 딱 들어맞는 게 말이 되는 것일까. 찬찬히 다시금 살펴보니 내가 본 것은 불이 아니라 건너편 아파트 유리창에 비친 황혼이었다. 그걸 보고 혼자 놀라 불이 난 줄 알았던 것이다. 건너편에 큰불이 났다고 엄마 아버지에게 다급하게 연락도 했는데 그게 황혼이었단 사실을 깨달았을 때의 무안함이란.

언젠가 화구를 사러 나가던 길에 했던 바보짓도 생각이 난다. 나는 아직도 음악을 파일로 다운받아 듣는다. 그러다 보니 소리 형태의 파일이라면 무엇이든 재생이 된다. 그래서 MP3를 랜덤으로 재생해놓으면 간혹 저장해둔 강의 녹음이라든지, 음성 메시지가 흘러나오는 일이 생긴다. 그런 파일들은 초반 2초 정도만 들어도 식별이 가능하기 때문에 나는 별 어려움 없이 다음 음악을 재생시키곤 한다. 이렇듯 음악 파일인지 아닌지 금세 판단할 수 있지만 그래도 굳이 버튼을 눌러야 하는 수고로움 때문에 파일 정리를 자주 한다. 하지만 가끔 정리 못 한 파일이 재생될 때도 있는데 이날이 바로 그런 날이었다.

화구를 사러 가는 길에 새로 받은 가을 노래를 배경음악 삼아 우수에 찬 표정으로 걸어가고 있었다. 반 박자 느린, 가을 타는 '화가'의 발걸음으로. 음악을 조금 듣다 보니 질려서 다음 노래를 재생하려고 버튼을 눌렀는데 별안간 누가 "야! 김혜령!" 하는 게 아닌가. 깜짝 놀라서 뒤를 돌아봤다. 뒤에서 누군가가 부른 걸까 싶었던 것이다. 그러고 보니 나는 이어폰을 끼고 있다는 사실에 생각이 미쳤고 곧 '뒤에서 나를 부른 게 아니겠구나' 하는 생각이 퍼뜩 들었다. '이 바보가 또'라는 생각을 하며 이건 전화가 온 것이라 생각하고 대답을 했다.

"어? 왜?"

이렇게 내가 대답을 했는데 상대편은 또 "야아! 김혜령 너 진짜!" 하고 웃음 반, 소리 반 나를 자꾸만 부르는 게 아닌가. 그래서 나도 대꾸했다.

"뭐가, 왜 전화한 건데."

묻는 말엔 대답도 않는 상대방을 붙잡고 열심히 대화를 했다. 자꾸만 엉뚱한 소리를 지껄이기에 아무 말 않고 잠자코 들어보았다. 그런데도 상대는 아랑곳하지 않고 제 할 말만 하는 것이다. 그제야 나는 이게 과거에 저장한 음성 메시지였다는 것을 깨달았고 괜히 머쓱해져서 "그래, 끊어~" 하고 나만의 통화를 마무리 지었다. 혼자만의 짧은 순간이었지만 얼마나 머쓱하던지. 아마도 혼자 일하니 심심할까 봐 스스로 바보짓을 일삼는 것은 아닌지 모르겠다.

바보짓에 대하여 2

이어서 또 바보짓에 대해 적어본다. 이번 바보짓은 눈썰미와 관련이 있는데 그림을 그리는 사람이다 보니 나를 두고 눈썰미가 좋을 것이라는 생각을 할지도 모르겠다. 그림에 대해서라면 아무래도 그림을 그리지 않는 이들보다야 나을지 모르겠지만 일상적으로도 눈썰미가 남다른 사람일지는 잘 모르겠다.

언젠가 친한 대학 후배 녀석을 연남동에서 만났던 일이 있다. 대학 생활을 이끼처럼 조용히 보낸 까닭에 친한 선후배는 거의 없지만 그 거의 없는 인맥 중에서도 한 녀석을 아주 오랜만에 만나게 되었다.

집에서 가까운 곳이라 약속 장소에 먼저 나와 서성이고 있는데 그 친구가 몇 분 늦는다는 연락을 해왔다. 별수 없이 버스 정류장 근처에서 사람들을 구경하고 있었다. 그런데 생각보다 빨리 그 친구가 나타났다. 후배는 멀리서도 딱 그임을 알 수 있을 만큼 눈에 띄는, 평균을 훌쩍 넘는 큰 키의 소유자였다.

반가운 마음에 성큼성큼 다가가 오랜만이라고 인사를 했다. 어깨도 툭툭 쳐가면서 안부를 묻는데 이 녀석이 이어폰도 빼지 않고 나를 멀뚱히 쳐다보는 것이다. 오랜만이라 장난하는가 싶어서 "늦는다더니 생각보다 빨리 왔네?" 하고 너스레를 떨었다. 하지만 그는 자꾸만 "저요?" 하고 되묻는 것이다. 일순간 멍해지는 정신을 부여잡고 친구의 눈, 코, 입을 뜯어봤다. 하지만 아무리 봐도 그 사람은 내 친구였다. "그래, 너!" 하는데 뒤통수에 울리는 후배의 목소리.

"누나! 미안해!"

뒤를 돌아보니 눈앞에 있는 남자와 정말 똑같이 생긴 사내가 나를 향해 다가오고 있었다. 그제야 눈앞의 그가 다른 사람이라는 것을 깨달아 당황한 나는 "어이쿠야! 죄송합니다"라는 말과 함께 후배의 옷자락을 잡고 그 자리를 벗어나고자 발걸음을 재촉했다. 자초지종을 들은 후배는 어떻게 그런 일이 있을 수 있느냐고 물었다.

"도플갱어 만나면 죽는다는 말 알지? 너 저 사람 만나면 큰일 난다!"

아직도 의문스럽다. 내 눈썰미가 그렇게 없는 것인지, 아니면 그가 정말 후배의 도플갱어인지.

이런 일도 있었다. 언젠가 집 앞에서 아버지를 만났을 때의 이야기다. 늦은 오후 한강까지 자전거를 타고 가 땀을 쫙 흘린 후 가뿐해져서 집으로 돌아오는데 주차장에서 주차를 하고 있는 아버지를 만났다. 운동하고 난 후라 기분도 좋았을뿐더러 밤공기가 꽤나 상쾌해서 그날은 왠지 아버지에게 더 신나게 인사를 하고 싶었다. 밤이었지만 짙은 회색에 날렵한 뒤태가 딱 아버지 차였다. 그림을 그리는 내가 그 정도 디자인도 식별 못할 리는 없다.

확신에 찬 나는 운전석으로 폴짝폴짝 걸어가 창문에 노크를 했다. 아버지 차는 선팅이 되어 있기에 내부가 잘 보이지 않았다. 아버지가 들고 있는 휴대전화 불빛만이 내가 볼 수 있는 전부였지만 그날 밤 나는 기분이 좋았기에 아버지 얼굴이 보이든 말든 신나게 손을 흔들고 방방 뛰었다. 아버지는 내리지도 대꾸하지도 않았지만.

나는 그렇게 신명 나게 춤추듯 인사를 한 뒤 먼저 집으로 들어가려고 엘리베이터를 기다리는데 돌아보니 아버지 차가 없어진 것이다. 분명 바로 앞에 주차하고 있었는데 그새 아버지의 차는 사라지고 그 자리엔 다른 차가 있었다. 짙은 회색이 아닌 밝은 회색의 차, 뒤태가 날렵하지 않은 우람한 차. 운전석에서 누가 내리는데 당연히 아버지도 아니었다. 그때처럼 내가 엘리베이터의 닫힘 버튼을 신속, 정확하게 누른 날도 없을 것이다. 집에 돌아와 나는 나의 눈썰미를 진지하게 고민했다. 나 정말 이 눈썰미로 벌어먹고 살 수 있을까. 나는 혼자 일하는 심심한 나를 위해 정기적으로 바보짓을 일삼는 그런 성실한 사람이다.

시차

사람은 각각 하나의 작은 우주이기도 하면서 한편으론 서로 다른 나라 같다고도 생각한다. 모두의 시차가 제각각이니 말이다. 즐거움에 도달하는 시간도 다르고 사랑에 빠지는 속도도 다르다. 사랑이 식는 속도도, 화가 풀리는 속도도 모두 다르다. 각자의 경도에 따라 시차가 생길 수밖에 없다. 나는 벌건 대낮인데 상대는 칠흑 같은 밤인지도 모르는 일이다. 손으로 번쩍 들어 대륙을 옮길 수 없듯 해가 빛나야 할 곳에 달을 걸어둘 수 없으니 각자의 시차를 겸허히 받아들일 수 있길 바란다. 어쩔 수 없는 것을 붙잡고 원망하는 소모적인 일은 하지 않으려고 한다. 내가 낮이라고 아무리 우겨도 누군가에게는 밤일 수도 있는 노릇이니.

열 숟갈에 한 번 정도의 배려

대학원에 다니는 내 친구는 교수와 밥을 먹으러 갈 때마다 괴롭다는 이야기를 종종 한다. 교수가 많이 먹기도 할뿐더러 그 속도마저 느린 탓에 양도 적고 속도도 빠른 본인은 그의 식사 속도를 맞추려다 보니 밥알을 하나하나 세어가며 먹는다든지, 밥그릇을 뚫을 기세로 바닥을 긁고 있어야 한다는 것이다. 끼니의 대부분을 혼자 해결하는 나로서는 그다지 생각해본 적이 없는 고충이지만 이것을 계기로 남들과 함께 식사할 때의 배려에 대해 생각해보았다.

나의 경우, 누군가와 식사를 할 때 속도보다는 양적인 측면에서 간혹 이상한 곤란함을 겪는다. 나는 체구에 비해서도, 또래의 여성들에 비해서도 조금 많이 먹는 편이다(스스로는 그리 깨달은 적이 없으나 많은 주변인의 평가에 의하면 그러하다). 그러다 보니 낯선 상대와의 식사에서는 먹는 양을 신경 쓰지 않으면 본의 아니게 상대를 놀라게 하곤 한다.

언젠가는 함께 일을 했던 편집자로부터 점심 식사를 대접받았다. 이제 막 시작하는 초보 일러스트레이터였기 때문에 거의 한량에 가까웠던 나는 이런 프로 느낌이 물씬 나는 대접은 너무나도 황송한 나머지 밥 따위는 어찌 됐건 상관이 없었다. 클라이언트와 식사를 하는 자체만으로도 어른이 된 것만 같은 흥분을 느꼈다.

작가답게 착석하여(작가답게 착석한다는 것은 도대체 뭔 말인지는 나도 잘 모르겠지만) 이런 자리는 흔히 있는 작가인 양 여유롭게, 천천히, 조금씩 음미하자고 다짐하며 식사를 시작했는데 몇 분이 지났을까, 편집자는 내게 대뜸 "혜령 씨, 정말 잘 드시네요. 보기 좋아요. 많이 드세요" 하는 것이 아닌가. 좌절. 그 후로도 다른 편집자들과 비슷한 자리를 몇 번이나 가졌으나 그때마다 "배고프셨나 봐요"와 같은 연민 아닌 연민이라든지, "20대여서 그런가 잘 드시네요. 전 40대 넘어서부터는 소화가 안 되는 것 같아요" 하는 유의 쓸쓸한 말을 들어보기도 했다.

아, 먹보란 기침과 사랑같이 숨길 수 없는 것일까. 몇 번의 실패 끝에 지금은 저런 소리를 듣는 빈도가 현저히 줄긴 했으나 아직 비슷한 유의 소리를 왕왕 듣는 것을 보면 먹보란 정말 숨길 수 없는 것인지도 모른다.

아무튼 내가 뭔가 더 필요할까 봐 먹는 모습을 이렇게나 관심 있게 쳐다봐주는 사람들의 섬세함에 문득 놀라곤 한다. 상대는 나의 먹성에 놀랐겠지만, 아마도 이것은 서로가 서로를 필요로 하는 비교적 평등한 관계에서 오는 섬세한 배려나 관심이려나 싶다. 가끔 나의 노력이 물거품이 되는 한마디를 듣기는 하지만.

무심한 나의 경우, 좀처럼 상대가 잘 먹고 있는지 센스 있게 관찰하거나 배려하지 못한다. 남들이 먹는 모습을 바라보는 것이 머쓱하기도 하고 나부터가 어쩐지 관찰당하는 기분이 들면 부자연스러워지기 때문에 낯선 이와의 식사에선 나 하나 먹는 일에만 주의를 기울인다. 사실 그것만 해도 상당한 에너지가 소모된다. 하지만 먹성 좋게 식사에 임한다는 점에서 0점짜리 식사 배려는 아닐 것이라고 믿는다. 본능 앞에서 발휘되는 배려야말로 센스 있는 인간의 첫걸음인 것일까. 그렇다면 나는 참으로 촌스럽다.

나의 가엾은 대학원생 친구가 교수와의 식사 시간마다 겪는 일을 떠올려보면 평등하지 않은 권력관계 속에서의 식사 배려란 좀처럼 찾기 어려운 일이 아닌가 싶다. 졸업을 좌우하는 권력자와의 식사에서 한낱 대학원생의 입맛이나 식사 속도 따위가 무엇이 중요하겠는가. 교수, 사장님 등 세상의 권력자 여러분, 식사하실 때 열 숟갈에 한 번 정도는 상대도 힐끔 봐주세요. 그 친구 밥그릇 뚫릴 수도 있답니다.

폴더명 '닭'

컴퓨터 전문가는 아니지만, 새 폴더를 만들면 새 이름이 디폴트 값으로 지정된다는 것쯤은 체득하여 알고 있다. 직박구리, 까마귀, 까치 등등. 자주 보는 '직박구리' 같은 이름은 사실 어떻게 생긴 새인지도 모르지만 그저 '새인가 보다' 하고 생각한다. '꿩' 같은 폴더명이 생성되면 '이것 참 한 글자라 누르기 힘들잖아' 하고 불퉁거리기도 한다. 새로서 인식한다기보다는 글자 그 자체로 받아들이게 되는 것이다. 며칠 전에는 엉뚱하게 '닭'이라는 폴더가 만들어졌다. '꿩'도 지나쳤던 나인데 왠지 '닭'이라는 폴더명을 보니 이상하게 애잔한 마음이 들었다. '아, 너도 새였지 참' 하는 마음인 것이다. 한 글자라 누르기 성가시다며 무정하게 '꿩'이란 이름을 지워버린 것보다, 닭도 새임을 깜빡하고 있던 것이 더 미안했다. 그래 너도 새였지.

어렸을 땐 《마당을 나온 암탉》이라는 어린이 문학이 대인기여서 그 책을 사 달라 보챈 적도 있었고, 꼬끼오 소리도 곧잘 따라 하던 나였다. 그런데 어른이 되고 나서부터는 닭이 어떻게 우는지, 왜 날지 못하는지, 병아리는 노란데 닭은 왜 갈색인지가 궁금한 것이 아니라 어떻게 조리해야 맛있는지, 어디 치킨이 맛있는지만 생각하고 있다. 괜히 닭에게 미안해지는 밤이다. 방금 치킨을 먹어버리긴 했지만.

감정을 발설할 권리

감정이 서툰 사람이 하는 실수 중 가장 잦은 것은 본인의 서투름을 감추고자 감정을 숨기는 것이 아닌가 싶다(27년간 나를 관찰한 결과 그렇다). 화가 났지만 안 난 척하고, 서운하지만 괜찮은 척하고, 좋아하면서 안 좋아하는 척하고, 보고 싶은데 보고 싶지 않은 척한다. 여러 가지 이유가 있겠지만 자신의 어리고 미숙한(이라고 쓰고 '지질하다'라고 읽고 싶다) 감정의 민낯을 들키는 것이 부끄럽기 때문이 아닐까. '너'로 하여금 내 안에서 감정의 동요가 일어났다는 사실을 받아들이기 어려운 것이다.

말하지 않으면 모른다고 생각한다. 말하지 않아도 상대가 내 마음을 알 수 있다면 그건 분명 오해일 것이다. 고여 있는 물이 썩기 마련이듯, 참던 식욕이 더 큰 식욕으로 발전되듯 감정도 자연스럽게 흐르게 놔두지 않으면 언젠가 폭발한다. 그때가 오면 간신히 가려뒀던 그 지질함이 배는 더 커져서 터져버린다. 분명 "괜찮다", "이해한다"고 말해놓고는 한참 후에 가서야 "사실 그때 그것도 서운했어"라고 말한다든지 과거의 사건까지 끌고 와서 극단을 말한다든지 등등. 이렇게 되면 말하는 본인도 민망해질 뿐더러 상대를 어리둥절하게 만든다.

좋은 감정을 숨기는 것도 마찬가지다. 좋은데 좋다고 말하는 것이 왠지 쑥스럽고 손해 보는 것 같아 꾹꾹 참다 보면 상대에게 내 마음의 크기를 오해받는다. 좋다고 시원하게 말함으로써 얻을 수 있는 행복의 절반을 도둑맞는 것이다. 바로 나 때문에.

그래서 괜찮다고 말하기 전엔 정말 괜찮은지 솔직한 내 마음을 들여다보는 습관을 들이는 것이 좋다. 나의 경우를 예로 들어 설명하고 싶지만 돌이켜봐도 부끄러운 경험만 떠올라서 예를 들 수가 없다. 지난 일요일 오전에 부모님이 티격태격한 일도 이런 까닭에 일어난 다툼이었는데 가정의 평화와 체면을 위해 적지 않기로 한다. 아무튼 감정을 발설할 권리를 누리자. 애먼 데에 해소하지 말고 내게 감정을 일으키게 한 원인 제공자에게 솔직하게 말해보면 어떨까. 화나서, 우울해서, 서운해서 공연히 사 마신 맥주, 떡볶이 값들 꽤나 아낄 수 있을 것 같다.

느긋한 인간의 하루

마감이 있지 않은 한 조급할 일이 거의 없고 가까이서 마주하며 나에게 스트레스를 주는 사람이 없다는 점은 이 직업의 큰 축복이다(내게 스트레스를 주는 사람은 주로 나다). 잘은 모르지만 회사 생활의 어려움 중 대부분이 대인에서 오는 스트레스라든지 내가 벌인 일도 아닌데 해야 하는, 그런 목적 모를 업무라는 점을 생각해보면 일러스트레이터란 꽤 괜찮은 직업인 것이다. 덕분에 나는 이전보다 더 느긋한 사람이 되었다. 어디서 닥칠지 모를 공격에 대해 미리 방어 태세 같은 것을 준비할 필요가 없으니 말이다. 그러니 자연히 누굴 보든 미운 눈으로 볼 필요도 없어졌다.

천천히 동네를 걷다 보면 평소엔 흥미조차 없고 바쁠 땐 더 더욱 볼 수 없는 생명체들의 귀여움이 눈에 들어온다. 이른 아침의 카페에는 아이를 등원시키고 한숨 돌리는 학부모들이 많은데 제법 큰 아이들을 둔 엄마들은 주로 무리를 지어 기세 좋게 수다를 떤다. 어느 학원이 좋다, 어디 학교로 진학하는 게 좋다 등등 대부분 아이들의 학업에 대한 이야기라 내 귀에는 영 지루하지만 가끔 들려오는 남편 흉은 듣는 재미가 좋다. 반면 멍한 얼굴로 유모차를 슬렁슬렁 밀면서 커피를 한 모금 두 모금 마시는 초보 엄마의 모습도 볼 수 있다. 샌드위치라도 한입 베어 물라치면 때맞춰 터지는 아기의 울음에 화들짝 놀라는 표정이 참 귀엽다.

한낮에 공원으로 이어진 개천에는 노인들이 많다. 트로트 메들리가 흘러나오는 스피커를 허리춤에 야무지게 달고 경보하는 할머니, 운동기구가 아닌 곳에 용케 줄줄이 매달려 다리 스트레칭을 하고 있는 노인들, 커피나 생수 따위를 파는 이동식 카페(?)의 주인 할머니 등등. 그런 노인들을 구경하며 자전거를 슬슬 밟다 보면 뒤에서 쌩하고 건장한 노인이 자전거와 함께 지나간다. '건장한 노인'이라는 말이 참 아이러니하지만 실제로 개천이나 뒷산에 나가보면 젊은 나보다도 체력이 좋아 보이는 노인 및 시추와 몰티즈들이 그득하다. 알 수 없는 경쟁심과 부끄러움이 함께 느껴지곤 한다. 동시에 생에 대한 의지란 저토록 강한 것일

BEER
生

까, 건강이란 무엇일까 생각하기도 한다. 지금은 가지고 있지만 언젠간 사라질 나의 건강이라든지 젊음이 조금은 아련하고 서글프게 느껴진다. 그렇다고 내가 할머니가 된다 한들 이분들처럼 성실히 내 건강을 돌볼는지는 모르겠다.

형형색색의 운동복과 각양각색의 건강법을 구경하며 도착한 공원에는 유치원에 보낼 수조차 없는 작은 사람들이 많다. 엄마 손을 꼭 잡고 비둘기를 쫓거나 이유 없이 꺅꺅거린다. 알 수 없는 지지를 볼에, 손에, 사방에 묻힌 채 헤헤 웃기도 하고 집히는 대로 닿는 대로 입에 넣는 모습을 자주 목격한다. 그럴 때 황급히 제지하는 엄마의 표정도, 엄마 마음 따위야 신경 쓸 것 없이 내키는 대로 행동하는 꼬마들의 표정도 무척 귀엽다. 얘네가 커서 나같이 큰 사람이 되는 것일까 생각하면 약간 씁쓸해지지만 그래도 이미 태어난 이상 살아내어야 한다는 그런 운명의 메시지를 눈으로 전달해보기도 한다. 물론 상대가 알아주진 않는다.

오후가 되어 동네로 다시 돌아오면 학생들이 참 많다. 옆구리에 축구공을 끼고 무리 지어 지나가는 남학생들은 아주 빼빼 마른 아이부터 통통하니 건장한 아이 등 정말 다양하다. 이 녀석들이 커서 대학에 가고 여자 친구도 만들고 알바하고 나중엔 회사에 다니겠구나 하는 이상한 진로를 상상할 때도 있다(상상력이 부족하여 늘 상투적인 진로만 생각한다). 때로 대범한 학생들은 하굣길에 이성 친구의 손을 다정히 붙잡고 거닐기도 한다. 카페에서 알콩달콩 교복을 입고 데이트를 즐기는 모습도 종종 보인다. 이렇게 말하면 너무 옛날 사람 같지만, 십여 년 전 나는 고작 집에서 만화책 〈아즈망가 대왕〉이나 〈아따맘마〉나 보던 학생이었다. 그래서 앳된 얼굴의 고등학생 커플들이 손을 잡고 다니는 모습은 아직도 내게는 생경한 풍경이다. 어른의 연애는 가까이 달라붙어 걷더라도 어딘가 익숙하고 당연해보이는 그런 무심한 구석이 느껴진다. 그에 비해 이들의 연애는 고작 손 정도 잡아놓고선 멀찌감치 떨어져 걷는 친구들도 많고 어색하게나마 가까이 붙어도 두 얼굴에 쑥스러움이 가득하다. 귀여운 모습이다.

떡볶이 가게 앞엔 초등학생들이 쭈글쭈글한 1,000원짜리를 들고 슬러시를 기다리면서 장난을 치고 있다. 자전거도 야무지게 주차해놓고서는. 개중에 넉살 좋은 녀석들은 떡볶이를 퍼 담고 있는 주인아주머니에게 말도 건다. 비즈니스 차원인지는 모르겠지만 생각보다 떡볶이집 아주머니는 아이들의 이야기를 정말 정성스럽게 들어준다. 그래서 아이들은 부모에게도 발설하지 않은 작은 비밀을 곧잘 꺼내놓기도 하는 것 같다. 내가 몰래 엿들은 대화 중 하나는 엄마한테 말은 못 하겠지만 솔직히 이불 색깔이 마음에 안 든다는 내용이었다. "그래도 덮어야지. 샀는데 어쩌겠니" 정도의 응대를 상상했는데 놀랍게도 아주머니는 "와,

그거 좀 싫겠다. 무슨 색인데?" 하고 대꾸하였다. '대화란 저렇게 하는 것일까!' 하는 깊은 통찰을 얻을 수 있었다. 지금 떠올려봐도 그분은 상당히 멋진 어른이라는 생각이 든다.

밤이 되면 약속을 끝내고 귀가하는 내 또래의 사람들을 많이 본다. 나는 약속이 있지 않은 한 화장도 하지 않을뿐더러 옷은 그야말로 '자연인'의 차림새로 다니기 때문에 멋이라곤 눈곱만큼도 없지만 약속을 끝마친 사람들의 모습 속에는 낮 동안 흩뿌린 멋 같은 것이 느껴진다. 내가 특히 구경하는 것은 주로 내 또래 여자들이다. 그녀들이 지나갈 때면 속으로 '와, 예쁘다' 할 때도 있고, 지나가면서 남긴 잔향에 뒤돌아볼 때도 있다. 털레털레 걸어서 다시 집에 돌아오는 길의 횡단보도에서는 초록 불임에도 쌩하고 자전거가 달려간다. 성질을 팍 내려던 차에 "아가씨, 미안해요!" 하고 고래고래 소리를 치는 아저씨 뒷모습이 귀여워서 봐주게 된다.

낮 동안 내가 말끔히 치워놓은 집에 퇴근하고 돌아온 가족들도 구경할 수 있다. 온종일 얄밉게도 팡팡 자다가 벌떡 일어나서는 가족들을 반기는 개들의 표정도 본다. 천천히 살펴보면 네가 나고 내가 너인 듯 다들 비슷하게 사는 것 같다. 아주 남처럼 느껴지는 일이 줄어들었다고 해야 할까. 그렇다고 불쑥 다가가 아는 체를 하고 싶은 것은 아니지만 나만의 적당한 거리에서 느긋하게 사람들을 바라보면 미워할 것은 적어지고 구경할 귀여운 것은 많아진다.

가시는
어디로 가시었나

지난 추석에 별안간 검지가 따끔하게 아파왔다. 가만히 있을 땐 아프지 않다가도 젓가락이든 붓이든 무언가를 쥐면 아주 국소적인 어딘가가 "따끔해!" 하고 비명을 질렀다. 아무리 들여다봐도 원인은 보이질 않고 연휴는 열흘이나 되어서 딱히 갈만한 병원도 없었다. 아니, 사실은 '제아무리 의사라도 이건 안 보일 거다' 하는 마음이 커서 병원에도 가지 않았다. 나를 약간 성가시게 굴 뿐 참을 만한 고통이었으니까. 그런데 이놈이 하루하루가 갈수록 은근히 신경 쓰이기 시작했다. 자꾸만 나의 신나는 밥시간을 거슬리게 할 뿐 아니라 약간 그 주위가 불그스름하게 변하는 것 같기도 했다. 하지만 연휴는 아직도 수일이나 남아 있었기 때문에 별수 없다는 생각으로 모른체했다. 마음속엔 '파상

풍'이라는 단어가 강강술래를 하였지만.

그렇게 며칠이 지나면 익숙해지리라 생각했는데 2주가 지나니 그 주위가 붉게 부어오르기 시작했다. 그제야 부랴부랴 어디를 가야 2주나 내 품에서 썩고 있는 이 녀석을 뽑을 수 있을지 찾기 시작했다. 피부과든 정형외과든, 어디든 가는 것이 무조건 좋을 시점이 온 것이다. 하지만 무슨 심보인지 그 붉게 부어오른 검지를 보면서도, 게다가 갈 만한 병원을 찾았으면서도 나는 바쁘다는 이유로 병원에 가지 않았다. 그렇게 성가신 며칠을 보내고 어느 날, 가시가 사라졌다. 몸 안에서 어떻게 된 것인지 아니면 기분 탓이었는지 모르겠지만 추석 연휴 내내 나를 깔짝깔짝 괴롭히며 존재감을 내뿜던 그 작은 '가시나'가 사라진 것이다. 내 고집을 이기지 못해 떠난 것일까.

그렇게 가시와 함께한 몇 주를 보내고 내 손에는 아주 미세한 흔적 같지도 않은 흔적이 남았다. 가시의 무덤인 것이다. 이 가시의 무덤을 보면서 내 인생의 가시들을 생각했다. 돌이켜보면 살면서 참 수많은 가시가 나를 괴롭혔다. 쌈박하게도 아니고 재수 없게 깔짜악깔짜악 괴롭혔다.

그런데 정말 그들이 나를 괴롭혔는지 생각해보면 그것도 잘 모르겠다. 분명 굴비를 먹다 목에 걸린 것 같은데 밥을 넘겨도 나아지질 않고 물을 마셔도 나아지질 않다가 반나절이 지나니 아무렇지도 않게 저녁밥이 먹힌다. 거실을 저벅저벅 걷다가 일순간 따끔 발바닥을 뚫고 들어온 작은 나무 가시들도 얼마의 시간이 지나면 또 사라져 있었다. 이번 추석 때 내 검지에 침범한 이 가시나도 나를 며칠간 괴롭히다가 '나 사실 여기 있었어' 영역 표시를 하고 나서야 그 친구가 거기 있었음을 깨달을 수 있었고 별다른 조치를 하지 않았는데도 사라져버렸다. 고통과 함께.

정말 아프고 명백하게 위험한 가시도 있지만 내가 겪은 일상의 작은 가시들은 나를 애매하게 아프게 하면서 잘 보이지도 않았는데, 다행히 내 정신이 다른 데 팔린 사이 금방 사라졌다. 어떻게든 그 녀석을 찾겠다는 일념으로 그때마다 살을 무자비하게 헤집어놨다면 어땠을까. 목에 걸린 가시를 빼고야 말겠다고 밥을 꾸역꾸역 밀어 넣었으면 어땠을까. 더 큰 고통을 시추하게 되었을지도 모른다는 생각을 한다. 동시에 고통이라는 것에도 약간의 말미를 주는 것이 좋겠다는 생각도 들었다. 진원지도 모르면서 여기저기 들쑤시며 당장에 담판 짓겠다는 기세로 그걸 파헤칠 것이 아니라 시간을 두고 천천히 지켜보는 것. '네가 날 아프게 한다'는 것은 오해일 수도 있으니까.

혹은 정말로 그 가시가 있었대도 시간이 조금 지나고 나면 빨갛게 부어올라 환부를 더 정확히 알 수 있을지도 모른다. 검지에 남은 가시의 무덤을 보면서 이런저런 생각을 했다. 아마 내 검지에 묻힌 그 가시는 자장면을 먹을 때 쥐었던 나무젓가락의 새끼였으리라. 아무튼 나는 목에 가시가 걸린 것 같다면 기분 탓일 가능성이 높다고 생각하는 그런 둔한 사람이지만, 모두의 건강을 위해 병원을 추천하는 바입니다. 외과로 가세요.

좋아하는 것을 선포하는 일

만난 지 얼마 되지 않은 사람에게 던질 수 있는 가성비 좋은 질문은 역시 취향에 대한 것이 아닐까 싶다. 근황에 대하여 물어봤자 상대의 이전 생활에 대해 알고 있던 것도 아니니 답을 들어도 그에 대해 별다른 대꾸를 할 수가 없고 가족이나 주변인에 대해 물어보는 것은 실례일 테니까 간편하게 좋아하는 것이나 싫어하는 것에 대해 물어보면 좋다. 겸사 단답도 피할 수 있으니 아이스브레이킹 용으로 썩 적합한 질문인 것이다.

다만 대답하는 입장에서 자신을 생각해보면 사실 이 질문만큼 무서운 것도 없다. 고작 좋아하는 것에 대해 말할 뿐인데 내 대답으로 말미암아 나는 '어떠어떠한 사람'이 되어버리는 수가 있기 때문이다. 그래서 나는 이 질문에 대답할 때만큼은 마치

내가 좋아하는 것?

무언가를 선포하는 기분이 되어버린다.

참으로 쉽지 않은 일이다. 가령 좋아하는 음악에 대해 질문을 받았다고 치자. 퍼뜩 떠오르는 한 가지만 대답하게 되면 나는 그것의 속성을 그대로 담은 인간이 되어버린다. "저는 보사노바를 좋아합니다"라고 답한다면 나는 재즈만 듣는, 그것도 봇싸-노우-바만 고집하는 교양 있는(?) 어려운 인간이 되어 있다. 사실 차 안에서는 엄정화의 〈배반의 장미〉에 맞추어 어깨춤을 추고 설거지할 땐 나훈아의 〈고향역〉이나 설운도의 〈누이〉도 곧잘 듣는데 말이다.

그렇다면 이런 오해를 피하기 위해 장황하게 설명한다고 가정해보자.

"저는 보사노바를 즐겨 듣지만 차 안에서는 종종 흘러간 가요를 듣기도 하고 집안일을 할 때엔 트로트도 종종 들어요. 어릴 땐 얼터너티브 록이나 브릿팝 종류를 많이 들었지만요. 아, 참, 비틀스도 빼놓을 수 없겠네요. 가을엔 비틀스예요. 겨울엔 시나트라 풍의 재즈가 좋지만요."

아, 자의식 과잉이다. 8초 분량의 대답을 상상한 질문자로서는 생각해본 적도 없을, 20초도 넘게 답변하는 퍽 재수 없는 답변자가 되어버리는 셈이다. 즉, 취향을 묻는 말(음악 외에도 자매품으로 영화, 미술, 음식 등이 있다)에 적당한 길이로 나를 어느 정도 파악할 수 있게끔 대답하는 것이 관건인데 이게 쉽지 않다는 것이다. 그래서 사람들을 보면 대답 전이나 후에 "별로 특별한 건 없지만"이라든지 "어렵네요. 잘 모르겠어요" 같은 말을 잘 덧붙인다. 뭐랄까 문이 열려 있도록 받치고 있는 문 받침용 말 같은 것. 나도 그렇다.

어떤 대답이 적절할지 수년째 고민하는 중이지만(석 달에 0.5번꼴로 하는 고민이라 수년이나 지나버렸다) 별다른 묘안이 떠오르지도 않았을뿐더러 내 취향이 굽이치는 강가의 강아지풀처럼 흔들리는 탓에 아직도 답은 구하지 못하였다. 하지만 팁을 조금 찾았는데 하나는 너무 극단으로 보이는 대답은 피하는 것, 그리고 그런 대답을 해야만 직성이 풀린다면 상대를 보아가며 대답을 하자는 것이다.

예를 들어 나는 홍상수 감독의 영화를 몇 편 봤고 꽤 즐겁게 본 까닭에 좋아한다고 말하고 싶을 때가 있지만 상대를 가려가며 대답을 한다. 만약 이 대답을 했을 때 나를 홍상수 감독이라는 집합에 '속한다' 정도로 상대가 이해해버릴 것 같다면 그냥 무난하게 우디 앨런의 영화를 좋아한다고 말한다. 또 다른 팁으로는 싫어하는 것을 말함으로써 좋아하는 것에 대해 대답하는 방법이 있다.

"웬만한 영화는 다 좋아하는 편이지만 잉치키 잉치키 뚜쉬뚜

쉬 피유우우우웅 퍽 하는 영화는 안 봅니다. 〈블레이드 러너〉만 빼고요."

그러나 이 또한 다른 오해를 살 수 있다는 점에서 대단히 좋은 대답은 아니다.

그래도 다행인 것은 사람들은 내가 뭘 좋아하는지를 통해 나를 보기도 하지만 기본적으로 '나'에 대해 그렇게 관심이 많지 않다는 점이다. 사람들이 취향을 통해 어떤 사람을 파악하려는 것은 그게 그 사람을 알기 위한 지름길 정도이기 때문이지 대단한 의미를 두고 하는 질문은 아니니 이렇게나 고민할 일은 아니다. 다만 이렇게 길고도 장황한 설명을 통해 내가 말하고 싶은 것은 누구든 답변자로서 이런 고충을 경험해봤을 터이니 누군가의 대답으로 말미암아 상대를 파악할 수 있을 것이라는 기대는 말자는 것이다. 사람이란 불가해한 다면체이기 때문에 이쪽으로 봤을 땐 분명 삼각형인 줄 알았는데 저쪽으로 봤더니 오각형이고 뭐 그렇기 때문이다.

아이러니

"단언하는 것은 나쁘다"라고 단언하고

"충고하는 것은 삼가는 게 좋아"라고 충고하고

"내가 객관적으로 봤을 땐" 하면서 주관적인 말을 늘어놓는

그런 아이러니에 대하여 종종 생각합니다.

빵냄새

SOMETIMES LIFE CAN BE HARD

AND YOU WISH IT WOULD END.

THEN YOU SMELL WONDERFUL BREAD LIKE THIS,
YOU WILL BE SO GRATEFUL THAT YOU'RE ALIVE.

돌멩이에게
사과를 건넴

돌 던지는 취미를 가진 친구와 바닷가에서 돌을 던졌다. 그게 무슨 취미냐 싶었는데 진실로 그에겐 돌을 던지는 숙련된 몸가짐이 있었고 던지는 기술도 예사롭지 않았다. 도대체 언제부터 얼마나 유지한 취미 활동인지 그의 폼은 흡사 프로야구 선수 같이 느껴질 지경이었다. 3단 물수제비도 거뜬하고 던졌다 하면 지나가는 배를 맞출 것처럼 저 멀리 그려지는 포물선이 그의 취미가 진짜로 돌 던지기라는 것을 말해주고 있었다.

그를 따라 나도 돌을 던지기 시작했고 그는 나에게 올바른 자세와 멀리 던지는 노하우 등을 전수해주었다. 우리는 한참을 말 한 마디 하지 않고 애먼 바다에 돌을 던졌다. 조금 전의 나와 겨뤄가며 더 멀리 포물선을 그리다 보니 슬슬 어깨와 손목에 무리가 왔다. 내 생에 이런 말도 안 되게 의미 없는 짓에 집중한 것은 그날이 처음이었다. 어느덧 손아귀에 힘이 풀리기 시작했고 그제야 우리는 돌 던지는 일을 그만두고 예쁜 돌 찾기 콘테스트를 시작했다.

누가 더 예쁘고 독특한 돌을 찾나 두고 보자며 해변에 놓인 돌들을 샅샅이 뒤집어가며 주웠다. 어금니를 닮은 돌, 얼핏 하트처럼 보이는 돌, 메추리알 같은 돌 등등. 누구 눈엔 귀엽고 누군 눈엔 그저 간석기처럼 보이는 여러 돌을 거쳐 우리는 각자 두 개의 돌을 골라내었다. 바닷가에 자리한 돌들이 그렇듯 모두가 모난 곳 하나 없었다. 다만 색이나 모양이 약간씩 다를 뿐이었다. 의미 없는 논쟁이지만 누가 더 멋진 돌을 찾았는지 얼마간 논쟁을 했고 결국 본인이 주운 돌이 제일 예쁘다며 각자의 주머니 속에 넣고 서울로 향했다.

서울로 향하는 동안 예쁘답시고 주운 두 개의 돌들을 만지작거리며 생각했다. 이 돌들은 처음엔 바위였겠지. 물이 굽이치는 대로 깎이고 부딪히고 중력이 당기는 대로 구르다 보니 이 해변에 덩그러니 놓였겠지. 그래서 이 모양 이 꼴이 되었겠지. 자기 의지대로가 아닌 그냥 이렇게 태어나서 이렇게 다듬어졌을 뿐이겠지. 그런데 누구는 예쁘고 누구는 안 예쁘다며 내 멋대로 품평을 한 것이로구나.

이런 생각을 하다 보니 시나브로 미안한 마음이 들었다. 나는 괜히 주머니에서 녀석들을 꺼내 보았다. 아까 바다에선 참 도드라지게 예쁜 돌멩이들이었는데 주머니에서 꺼내보니 영 매력이 없다. 어쩐지 서글퍼 보이기도 했다. 얘는 예쁘니까 주머니에 넣고 걔는 별로니까 함부로 던졌는데 내가 정말 너무했구나. 나에게도 '이미 이렇게 태어난 걸 어쩌라고' 싶었던 날들이 많았는데 말이다.

들고 온 돌멩이 두 녀석을 화장대에 놓고 보니 풍경이 영 생뚱맞았다. 마치 데려오면 안될 것을 데려온 기분이었다. 해변에서는 참으로 귀여웠는데 내 수분 크림 옆에 두고 보니 어쩐지 어미 잃은 새끼 같기도 했다. 함부로 외모 품평을 하고 못생겼다고 냅다 던지고 온 녀석들에게도 새삼 미안해졌다. 이제 절에 올라가던 길에 유독 예쁜 솔방울이 보여도, 뒷산에서 유달리 동그란 도토리를 발견해도 주워오지 않을 테다. 제 의지로 그렇게 생긴 것도 아닌데 내가 뭐라고 예쁜 녀석은 갑갑한 주머니에 넣고, 안 예쁜 녀석은 주웠다가도 던진단 말인가. 그간 주웠던, 아니 주웠다가 다시 던졌던 수많은 솔방울, 도토리, 밤, 들꽃, 열매 그리고 돌멩이 들에게 심심한 사과를 건네본다.

걔라고
그러고 싶었겠니

사람을 미워하는 일에 에너지를 쓰고 싶지 않다. 이건 오랫동안 내가 지향해온 인간관계의 주춧돌쯤 되는 생각이다. 부딪히는 것이 싫고 누군가를 까닭 없이 미워하고 싶지 않아서다. 내가 착한 인간이기 때문도 아니고 그냥 누군가를 미워하는 것이 나를 너무나 불편하게, 더욱 신경 쓰이게 만들기 때문이다. 마치 "흰곰에 대해 생각하지 마세요!" 하면 흰곰 먼저 퍼뜩 생각나는 것과 같다. 아무튼 그래서 되도록이면 누군가를 싫어하지 않고자 너무 많은 사람과 부대껴야만 하는 일들은 피하는 편이다. 남들은 누군가를 싫어하지 않으려 좋은 점을 더 찾아보는 등의 아름다운 방법은 선택하는 것 같지만, 나는 역시 그런 대인배는 아니기 때문에 되도록 타인이 부대낄 수밖에 없는 구조라면 끼지 않는, 말하자면 '원천봉쇄'의 방법을 통해 이를 실현해왔다.

하지만 프리랜서인 나에게도 사람들과 어울려야만 하는 상황이 생기게 마련이다. 단순 사교 현장에서도 그렇고 업무를 할 때에도 타인은 늘 존재하고 종종 갈등 상황이라든지 누군가가 미워지는 사소한 사건도 내 마음속에서 일어난다. 그럴 때 내가 요즘 택하는 생각의 틀은 이것이다. '걔라고 그러고 싶었겠니' 하고 생각하는 것. 이것으로도 모자라면 '걔가 알았으면 그랬겠니'까지 덧붙이면 꽤 완벽하다.

그 사람이 나보다 유독 악하고 비열한이라서 나에게 스트레스를 줄 것도 아닐 테고 어쩌면 내가 옹졸하게 단 몇 마디 혹은 행동의 일부만으로 그이를 오해하거나 미워했을 가능성도 있다. 그래서 이런 문제로 화가 났을 때에는 혼자 궁시렁거리거나 믿을 만한 친한 지인에게 몇 분간 하소연 타임을 가진 후에 저 말을 덧붙이기 시작했다. 가령 이런 식이다(많이 순화하여 적을 수밖에 없음을 이해해주시길).

"얼마 전에 같이 일한 누구는 제멋대로 일정을 바꾸더니 말투도 무슨 자기네 부하 직원 부리듯이 하고 말이야. 열받아서 진짜. 근데 뭐 그 사람이라고 그러고 싶었겠니. 내가 이렇게 열받아 할 걸 알았다면 그 사람도 그러지 않았겠지 뭐."

이렇게 도를 닦는 것이다. 자못 자문자답의 형식으로 느껴져

걔라고 그러고 싶었겠어?
걔가 알았음 그랬겠어?
그래,
그랬을거야-

주변인이 당황할 수는 있겠으나 반복 재생산될 나의 하소연으로부터 주변인을 지킬 수 있는 좋은 방법이다. 남을 미워하는 일도 줄이고, 내 하소연을 들어야만 하는 죄 없는 주변인들의 귀도 보호하고, 일석이조인 것이다.

이 두 마디를 덧붙임으로써 나는 꽤나 효과를 보았는데 남이 나에게 하소연을 하는 상황에서는 그다지 효과적이지 않았다. 몇 차례 어머니에게 임상 실험을 해보았는데 말리는 시누이가 더 미운 꼴이 되기 일쑤였으니 이 점은 간과하지 마시고 꼭 자신에게만 사용하시길 바란다.

기대도 실망도
내 몫

내 마음대로 기대해놓고 실망은 왜 남의 몫으로 돌렸을까. 내 마음대로 해놓고선 실망은 왜 남의 몫으로 돌렸을까. 뭐 이런 생각을 하게 된다. 챙겨주는 것으로 말미암아 즐거웠던 사람은 나인데 왜 내가 신경 쓴 만큼 상대가 알아주거나 응답해주지 않았다고 실망했을까. 나도 참 심보가 요상하다.

이제는 그러지 않기로 마음을 먹고 나니 아무에게나 그런 식으로 에너지를 소모하는 일도 줄었고 잘해주면서 뭔가를 기대하는 일도 거의 사라졌다. 어떻게 보면 의미 없이 힘쓰는 일이 줄어들어 인생이 편해지긴 했으나 어쩐지 더욱 염세적인 인간이 된 것 같기도 하다. 하지만 이런 텁텁한 기분을 씻어버릴 만한 큰 행복이 찾아왔으니 그것은 내가 보내는 이런 자발적인 정성을 알아봐주고 고마워해주는 얼마 없는 소중한 사람을 가려낼 수 있는 필터를 얻었다는 것이다.

내 마음대로 한 기대를 누군가 몰라준대도 내가 좋았으면 됐다는 식의, 자기 위로만으로 만족할 그런 대인배는 안되는 탓에 종종 찾아오는 씁쓸함을 감출 길이 없었던 것은 사실이다. 그러나 이런 전략을 사용함으로써 나의 진심과 정성을 알아봐주는 소수의 몇 명을 가릴 수 있게 되었고 이제는 그 몇 명의 존재만으로도 든든해졌다. 그 몇 명의 주변인만으로도 마음의 곳간이 쌀가마니로 가득 찬 그런 느낌이랄까.

다니고 싶은 학원

나는 뭐든 틀린 방법일지라도 혼자 알아서 해야 직성이 풀리는 이상한 심보를 가진 탓에 웬만하면 학원이라는 것에는 흥미가 없다. 혼자서 책을 찾아보거나 몸으로 부딪혀가며 배우는 것을 선호하기에(지금껏 그래왔고) 그래서 더 오래 걸린 일들도 많았다. 하지만 요즘에는 혼자 해결이 불가하다고 판단되어 다니고 싶은 학원이 몇 군데 생겼다. 그런 학원이 있다면 말이다.

하나는 위로를 가르치는 학원이다. 누군가 내게 하소연을 해오면 마음이 저릿하면서 뭔가 도움이 될 만한 이야기를 해주고 싶은데 그게 정말 어렵다. 이렇게 말하면 훈계처럼 느껴질 테고 저렇게 말하면 하등 도움도 안 되면서 이 사람을 더 우울하게 만드는 것은 아닐까 늘 고민한다. 그러다 보면 그저 끄덕이는 중에 상대의 이야기가 끝난다든지, 맞장구나 치다가 끝나버린다. 용기 내어 조언이랍시고 몇 마디 첨언하고 나면 필시 집에 돌아가는 길에 어쭙잖았던 내 대꾸들이 부끄러워진다. 아, 정말 위로라는 것은 어떻게 하면 잘할 수 있는 것인지 학원이 있다면 석 달 속성반이라도 끊고 싶다. 위로의 달인인 누군가가 《수학의 정석》이라든지, 《개념원리》 시리즈같이 잘 정리된 책 한 권만 내주면 좋겠다. 인강이라도 있으면 듣고 싶은 지경이다.

다른 하나는 사회생활을 가르치는 학원인데 아무래도 혼자 일을 하다 보니 보통 남들이 말하는 사회생활이라는 것이 도대체 어떤 것인지 배울 길이 없다. 그저 함께 일하는 클라이언트에게 무례하지 않게 대하고, 내 그림이나 기한 맞추어 성실히 그려내는 것이 전부이다 보니 사회생활의 불문율이라든지 화법, 이런 것은 영 감도 못 잡겠다. 눈치껏 대외적인 처세용으로 알고라도 있게 남들이 말하는 사회생활이라는 생태계를 학원에서라도 짐작해보고 싶다. 하지만 이것에 대한 학구열은 전자에 비하면 아무것도 아니니 그저 위로를 잘할 수 있게 가르치는 학원이 있다면 제게 메일을 주십시오. 혹은 각자의 노하우를 전수해주셔도 좋습니다. 간곡해요.

실연 요정

실연 요정의 존재에 대해 내가 체감하게 된 것은 근래의 일이다. 얼마간 교제를 했던 친구와 이러저러한 사정으로 헤어지게 되었을 때였다. 당시에 내가 맡았던 작업도 복잡하고 힘들게 흘러가고 있었던 탓에 교제한 기간에 비해 비교적 큰 실연의 고통을 느끼고 있었다. 하지만 이런 사사로운 일로 마감을 미룰 수도 없을뿐더러 일도 정말 무지하게 많고 또 어려웠기 때문에 실연의 고통은 배가 되어 나를 괴롭혔다.

하루에도 몇 번이고 멀리 남산타워를 보며 눈물지었고 때로는 응앙응앙 소리를 내어 울기도 했다. 그래야 또 작업에 임할 수 있었기 때문이다. 그림을 몇 컷 그리다가도 생각이 나면 다시 남산타워를 보며 "네가 어떻게!" 타령을 했다. 그러고는 다시 돌아와 앉아 그림을 그렸고 그 지질한 타령을 수차례 반복하며 며칠을 보냈다. 차라리 맥주라도 마셨거나 친구랑 시원하게 놀러라도 갔으면 금방 이겨냈을 텐데 말이다. 일에 발목을 붙잡혀 실연 후의 일분일초를 온몸으로 느낄 수밖에 없었다.

아무튼 그렇게 한 열흘 가량을 보내고 난 어느 새벽, 여느 날과 같이 작업을 힘겹게 마무리 짓고 자리에 누웠다. 베갯잇을 조금 적시다가 마감까지의 작업량을 계산한 후에 알람을 맞췄다. 그러고는 지쳐서 곯아떨어진 것까지 똑똑히 기억이 난다. 그리고 눈을 떴는데 무슨 일인지 어제 울다 그리다 하던 나는 어디에 가고 어디선가 기력이 충전되어서 아무렇지도 않게 작업을 할 수 있었다.

남산타워를 찾지도, 울지도 않았다. 스스로도 너무 신기했지만 '어라? 괜찮네?' 하고 말하는 순간 왠지 부정탈까 싶어 함구하였다. 그러나 그다음 날도 나는 너무 괜찮았고 그렇게 실연은 아무렇지도 않게 막을 내렸다. 그때 나는 '이건 분명 실연 요정이 다녀간 것이다!' 하고 실연 요정의 존재를 분명하게 깨달았다.

생각해보면 이전에 했던 실연 또한 그랬다(많지는 않지만……). 헤어지고 나면 버스에서도, 지하철에서도, 방구석에서도, 비 오는 날에도 눈 오는 날에도 볕이 뜨거운 날에도 팡팡 울던 그런 처량한 인간이었다. "나쁜 녀석", "괘씸한 녀석"(순화하여 적을 수밖에 없다는 것을 알아주시길) 하며 얼마간 저주하다가 어느 날엔가 갑자기 괜찮아져서는 "그래, 좋은 추억도 있었지"라든지 "그 친구 덕분에 그래도 이런 인생 팁을 깨달았구나" 하는 속 좋은 소리가 불현듯 나오는 날에 도달해 있었다. 새로운 사람으로 상처를 치유한 것도 아니고, 시간이 충분히 지나서도 아니었고, 특별히 좋은 일이 생긴 것도 아니었는데 그냥 부지불식간에 그런 일이 일어나 있었다.

실연 요정이 와서 '뾰로롱' 하고 내 머리 위로 요술봉을 휘둘러 준 게 아니라면 도대체 무슨 일이 일어나 감쪽같이 괜찮아진 것인지 나는 모르겠다. 그래서 나는 실연 후에 힘들고 지옥 같은 시기를 겪는 친구들에게는 늘 이런 소리를 한다. 지금은 지옥 같지만 그냥 포기하고 슬프게 살아야 한다고. 그러면 실연 요정이 자는 동안 너를 찾아와서는 머리 위로 요술봉을 휘두른다고 말이다.

조금 정성껏 휘둘러주면 그간 내가 왜 그렇게 힘들었나 허탈할 정도로 마음이 멀끔해지기도 하지만 대부분은 실연 요정이 요술봉을 대강 휘두르고 가는 것인지 다소간의 상처는 남는 것 같다. 하지만 다시는 못 돌아갈 것 같던 일상으로 돌아가게는 되지 않는가.

게다가 새로운 사람은 절대 못 만날 거라 슬픈 장담을 하던 친구들도 결국엔 새로운 사랑 혹은 새로운 즐거움을 찾는다. 나

또한 그랬다. 다만 실연의 경험이 쌓일수록 요정은 요술봉을 세게 휘두르고 가는 것 같다는 것이 나의 체험에서 얻은 결론이니 실연이 두려워 연애를 삼갈 일도 아니고 실연 후에 괴롭더라도 함부로 "다시는 사랑 안 한다"는 식의 엄살도 피우지 않았으면 좋겠다. 실연 요정이 정말로 어느 날엔가 와서는 요술봉을 휘둘러줄 것이기 때문이다.

덧붙여 내가 사춘기 첫사랑에게 차였을 때 친구가 해줬던 말을 적고 싶다. 그녀는 메일로 이런 내용을 보내왔는데 그 글은 아직도 내게 은근히 기운을 북돋아준다. 내용인즉슨, 지나가는 평범하디 평범한 아주머니, 아저씨들도 수많은 사랑과 이별의 풍파를 거치고서 저렇게 평온하게 살고 있다는 것이다. 실연 후에는 다시 사랑 따윈 못 할 것 같고 숨도 못 쉬게 슬픈 날들도 있지만 그런 과정을 수차례 경험하고도 저렇게 멀쩡히 사는 아주머니 아저씨들을 보라는 것이다.

그렇다. 오늘 내가 엘리베이터에서 만난 잭필드 바지를 입은 아저씨도, 마트에서 만난 기모 밴딩 바지를 입은 아주머니도 소싯적에 이별 몇 번 해본 사람들이리라. 실연 후에 숨도 못 쉬게 힘들고, 마음 아파서 다시는 사랑 따위 못 할 것 같은 분들은 우리네 평범한 중년들을 돌아보면 조금 마음이 풀어질 거예요. 게다가 우리에겐 실연 요정이 있다니깐요?

외롭다 고독하다

외롭다는 말은 어쩐지 애처롭게 떼쓰는 것 같은데

고독하다는 말은 받아들이지 않으면
별 수 없는 일 같다.

PART

III

작은
감동의 순간들은
켜켜이 쌓여서

진앙을 벗어나지 말 것

진앙이라 함은 지리적으로는 '지진의 진원 바로 위에 있는 지점'을 말하지만 일상에선 어떤 사건이나 소동을 일으킨 근원이 되는 곳을 비유적으로 표현하는 말이라고 한다(한 포털의 어학사전에서 설명해주었다). 나는 사람 사이에서 발생하는 갈등은 그 '진앙'을 벗어나지 않는 것이 매우 중요하다고 생각한다. 누군가와 마찰이 생겼을 때 갈등이 야기된 바로 그 지점을 벗어나지 않는 것이 튼튼한 관계를 맺는 데 중요하지 않을까. 예를 들어 탕수육을 찍어 먹냐 부어먹냐 하는 문제로 다툰다면 오늘은 부어먹고 다음엔 찍어 먹자 정도로 해결할 일이지 그걸 가지고 너는 왜 그런 식이냐, 매사에 네 멋대로다, 찍어 먹는 사람들은 나랑 안 맞는 것 같으니 헤어지자 할 일은 아니라는 것이다(예시가 비

현실적으로 사소한 까닭에 안 와 닿으려나 싶군요).

보통 사람 사이에 갈등이 생기면 기분도 매우 언짢을뿐더러 내 쪽에서 더 억울한 생각이 들게 마련인데 그러다 보면 갈등의 진앙을 저만치 벗어나 엉뚱한 부분까지로 확대되어 상대를 오해하거나 공격하기 쉽다. 간단하게 그 부분에서의 문제에 대해서만 논의하고 해결법을 도출하면 될 일인데 억울하고 열받은 김에 이것저것 다 들쑤시는 것이다.

그러다 보면 나도 모르게 억지를 쓰게 되니 문제를 확대 해석하거나 곡해하여 상대와 더욱 멀어지게 되는 일만 남는다. 하지만 그건 우리가 갈등을 통해 얻고자 하는 바가 아니다. 이런 점에서 기분이 상했고 그 부분에 대한 사과나 변명을 듣거나, 내 쪽에서 사과하고 앞으로는 어떻게 할 것인지 타협을 보면 되는 아주 간단한 수순인데 성이 나는 대로 내지르다 보면 결국에는 어린아이들 못지않게 떼를 쓰는 나 자신을 발견하게 된다. 과거를 반추해보면 나에게도 이런 부끄럽고도 유치했던 순간이 많았다.

그런 과거를 되풀이하지 않기 위해 이제 갈등이 생기면 그 진원지에 머물며 해결하려고 노력한다. 더 나아가 문제를 확대 해석하여 상대와 나에게 상처를 주고 멀쩡히 잘 도모된 관계를 산산조각 낼게 뭐 있나 싶다. 얼마 전 수능을 연기하게끔 했던

지진을 보며 이런 생각을 하게 되었다. 진원지에서 퍼져나간 파동은 그 고장의 애먼 건물들을 이것저것 부수어놓는 것도 모자라 여진을 몇 차례나 일으키며 사람들을 괴롭혔다. 진원지를 벗어난 지진파는 그렇게나 파괴적인 것이다. 지진이야 우리 손을 떠난 자연의 일이니 그렇다 쳐도 사람 사는 일에선 그래도 어떻게든 미리 손볼 수 있지 않나 생각한다. 여전히 나도 시행착오 중이다. 역시 대인배의 길은 멀고도 험하다.

말하다 보면

말하다 보면 나는 자주 길을 잃는다. 가벼운 이야기부터 무거운 대화까지 대화의 경중을 막론하고 나는 대화의 길을 자주 잃는 화자이다. 어째서인지는 모르겠지만 말을 하다 보면 도대체 내가 무슨 말을 하는 거지 싶은 막다른 길에 봉착해 있다. 가볍고 소소한 그런 오솔길 같은 대화 속에서 길을 잃으면 헤헤거리고 웃거나 "무슨 말인지 알지?" 해버린다. 듣는 이가 이런 아무 말을 용케도 알아들으면 "그렇지! 우린 잘 맞아" 하며 칭찬을 하면 그만이다. 하지만 진지하고 무거운 대화, 비유하자면 설악산 1코스 오르막(가본 적 없다) 같은 대화 속에서 길을 잃으면 상황은 곤란해진다.

내 입지를 지키기 위해 입장을 최대한 똑똑히 표명하기 위해고3 수험생 시절에 다 써버렸다고 보는 논리력과 설득력까지 총동원하여 대화를 끌어가보지만 중간에 꼭 길을 잃는다. 속으로는 '아, 내가 길을 잃었구나! 안 돼! 진단 말이야!' 하지만 겉으로는 아무렇지도 않은 척 연기를 하면서 무언가 끊임없이 소리를 내고 있다. 뻔뻔하게 참 말도 잘한다. 갸우뚱할 만도 한데 잠자코 듣고 있는 상대를 보면 애처로운 느낌도 든다. 나도 내가 무슨 말을 하는지 모르는데 저렇게 잠자코 듣고 있다니.

이런 날은 꼭 후회를 한다. 길을 잃으면 지금 내가 대화의 방향을 잃었다고, 생각을 정리하고 말하겠다고 하면 될 일을 이상한 자존심으로 말보다는 소리에 가까운 것을 끝없이 뱉는다. 이래서는 문제 해결은커녕 기싸움만 하다가 끝날 것을 알지만 그런 상황에 놓이게 되면 여전히 나는 최대한 논리적인 척 연기하면서 말을 이어간다. '네 마음만 있냐! 내 마음도 있다!' 식의 대화가 조금 세련되어졌을 뿐인 것을 알지만.

어째서 나는 이토록 유치한 인간인 것일까. 왜 자꾸 내 입장에서만 이야기를 하게 될까. 상대의 말을 왜 숲으로 이해하려 하지 않고 나뭇잎, 아니 엽록소 단위에 집착하며 대꾸를 하는 것일까. 겉으로는 동요하지 않은 척, 내 논리는 완벽한 양, 네 말도 이해는 한다는 식으로 말하지만 사실 나는 '네가 무슨 말을 하는지 50퍼센트는 알겠지만 나는 이런 생각이니 내 건 100퍼센트

이해해주겠니?' 하는 것이다. 정말로 유치하다.

나에게 이런 언쟁은 자주 있는 일은 아니다. 그건 내가 이기적인 평화주의자이기 때문인데 갈등 상황에 놓이는 것을 바퀴벌레만큼 싫어해서 웬만한 일엔 딴지를 걸지 않고 혹여나 갈등이 생기더라도 안 생긴 척 먼 산을 본다. 갈등 해결에는 영 소질도 경험도 부족하다는 이야기다. 하지만 살다 보면 특히 가까운 관계 속에서 이런 언쟁에 종종 휘말리게 된다. 피하려 해도 피할 수 있는 거리가 아닌 그런 관계들 말이다. 가족이라든지 연인, 오래 알고 지낸 죽마고우 등등, 자주 있는 일은 아닐지라도 가끔 이렇게 누군가와 네 마음이니 내 마음이니 하고 설전을 하다 보면 자신이 얼마나 유치한 인간인지 투명하게 깨닫는다.

감춰왔던 유치함이 발각되어 조금 처참하지만 이렇게 내 유치함을 왕왕 목격하고 나면 다음 다툼에서는 조금 덜 유치해진다. 그게 그나마 희망이라고 본다. 얼마 전엔 남자 친구와 최초로 긴 설전을 했는데(거의 인생 처음이었다) 돌아와 곰곰 생각해 보니 말하면서 길을 잘못 든 게 한두 번이 아니었다. 다행히 헤어지는 길에 불현듯 생각난 유치원 시절 화해법으로 다시 화해를 했다. "혜령이 ㅇㅇ랑 마주 보고~ 악수. 미안해~" 하는 거 말이다. 어제 제가 해보니 꽤 효과가 있었습니다. 자, 연인과 다툰 사람들은 마주 보고 악수, 미안해 이 두 가지로 다시 사이좋게 지내세요. 말하다가 길을 잃은 것 같으면 잠시 멈춰서 내비게이션도 보시고요. 가던 길 마구잡이로 달렸다간 원하는 목적지에 도착할 수 없답니다.

식물의 생과 사

지금은 모두 정리되었지만 내게도 식물을 키우던 시절이 있었다. 시절이라고 말할 만큼 길거나 정기적인 일은 아니었기에 다소 어폐가 있는 것 같지만 아무튼 식물을 종종 책상이나 머리맡에 둔 적이 있다는 것이다. 첫 번째 식물은 친구가 대학 때 졸업 선물인지 전시 선물인지로 줬던 선인장. 오동통하고 가시는 적은 선인장이었는데 처음엔 종종 눈길도 주고 때맞춰 물도 주었다. 심지어 이름도 있었다. 성희. 나는 과자 봉지나 과일 박스에 붙은 제조자 이름을 보는 것을 즐기는데 때마침 근처에 있던 빵 봉지에 '김성희'라고 적혀 있었다. 그래서 나의 선인장은 성희가 되었다.

아무튼 나는 성희를 한 달 정도 돌보았다. 작업을 하다가 때

때로 쳐다보기도 하고(쓰다듬지는 못했다. 선인장이라) 혼자 있을 땐 이름도 불러주었다. 그러다가 어느 날 물 주는 것을 깜빡한 이후로 나는 성희를 돌보는 일을 등한시했다. 물을 주지 않았는데도 꽤나 푸르게 내 모니터 옆을 지켰기 때문이다. 그렇게 며칠이 더 흘러도 성희는 죽지 않았다. 먼지를 조금 입었을 뿐, 심지어 머리 부분에선 성희 주니어도 자라나고 있었다. 그럴수록 나는 더욱 무심해졌다. 물도 주지 않고 이름도 부르지 않았다.

모니터 뒤편에서 성희는 조용히, 조금 애처로운 생을 이어가고 있었다. 그런데 어느 날은 한창 작업하는데 싸한 기분이 들어 쓱 성희를 보니 동글동글했던 성희는 어디로 가고 성희도, 성희 주니어도, 성희 3세까지도 자벌레처럼 길쭉해져 있었다. 물도 주지 않고 벌써 몇 주가 지났는데! 성희는 내게 소리 없는 반항을 한 것일까. 성희는 내가 관심을 주지 않는 게 도리어 어려운 형상으로, 그렇게 소름 끼치는 모양으로 성장했다. 미안한 마음보다는 무서움이 커져서 성희를 처분하게 되었다. 여전히 미안하면서도 조금 꺼림칙한 마음이 든다. 내가 마실 물조차 제때 챙겨 먹지 못하는 인간에게 식물은 역시 무리였던 것이다. 그 후로 식물과 함께 사는 건 크나큰 사치라는 사실을 알았고 다시는 식물을 키우려고 생각하는 일은 없었다. 더불어 사람처럼 이름을 짓는 것에도 조금 주저하게 되었다.

그다음에 키운 식물도 다육이 종류였다. 이 친구는 생장 방식이 신기한 녀석이어서 본인 잎에서 새로운 잎이 수십 개가 다시 나고 그게 떨어지면 그 떨어진 데에서 또 잎이 마구 자라나는 기이한 다육이였다. 이 또한 내가 자발적으로 데려온 것은 아니었다. 아버지가 어디선가 데려와서는 내가 외출한 틈에 침대맡에 둔 것이다. 이러니저러니 해도 일단 내 방에 들어온 녀석이라 이름은 짓자 싶어서 작명도 해주었다. 이 친구의 이름은 다산이었다(새끼를 자꾸만 쳐서).

다산이는 처음부터 조금 꺼림칙했다. 이전 기억에 의하면 다육이들은 관심을 갖지 않으면 무서운 형태로 주인에게 보복을 하기 때문에 조금 두려웠던 것이다. 게다가 새끼를 이렇게 수십 개를 치다니 더 무섭단 말이다. 아무튼 별 수 있나 싶어서 다산이를 내 머리맡에 두고 며칠을 더 살았다. 물도 딱히 줄 필요가 없는 것이 물 위에 둥둥 떠서 사는 아이라 가끔 몇 마리나 더 생겼나 들여다볼 뿐이었다. 하지만 자려고 불을 끄고 나면 항상 어딘가 불편해서 참을 수가 없었다. 일어나보면 이파리가 대여섯 개는 더 자라있었으니까 불이 꺼진 적막 속에서도 생을 느껴야만 했기 때문이다. 결국 다산이를 우리 집 베란다로 이사시켰고 무섭게도 그 녀석은 수개월째 자기만 아는 잉태를 하고 순산 중이다. 심지어 크기도 조금 커져서는 플라네시아(만화 〈포켓몬〉에 나오는 식물

몬스터)같이도 보인다. 역시 식물이랑 친해지는 것은 어렵다.

그다음으로 만났던 식물은 엄마 생신에 받은 보라색 난이었는데 꽃이 꽤나 많이 달려 있어서 개개의 작명에는 한계가 있었고 다만 '개업 자매들'이라고 불렀다. 왜냐하면 개업한 가게에나 보낼법한 난이었기 때문이다. 아무튼 개업 자매들은 업장의 한 구석에 놓아야 하지 않나 싶을 정도로 큰 화분에 담겨 왔고 형광 핑크색 리본에 생일을 축하하는 문구도 궁서체로 쓰여 있었다. 하지만 엄마는 그 화분을 거실 한가운데에 있는 테이블에 생뚱맞게 올려놓았다.

도대체 왜 거기에 뒀는지 모르겠지만 엄마는 출퇴근하면서 개업 자매들을 보는 것을 좋아했다. "어머, 아직도 꽃이 싱싱하네!" 하며 딱히 보살피지도 않았는데 자매들이 새 꽃을 피우고 싱싱하게 살아 있음을 신기해했던 것 같다. 조금 잔인한 일인 것 같은데 아무튼 엄마는 본인의 큰 관심 없이도 무럭무럭 자라는 개업 자매들을 좋아했다. 하지만 나는 거실 한가운데에, 그것도 테이블 위에 그렇게나 큰 꽃들이 자리한 것이 역시나 꺼림칙했다. 혼자 춤추고 노래하고 말할 때마다 그 자매들이 쳐다보는 느낌이 들어서 뻘쭘했기 때문이다. 혼자 있을 때 들키고 싶지 않은 부분이 있는 법인데 그 자매들은 보랏빛 눈을 뜨고는 나를 감시하는 것 같았단 말이다.

개업 자매들은 꽤 오랜 날 그 이상한 좌표에서 살다가 최근 잎을 우수수 떨구어 거실이 더러워진 탓에 베란다로 내몰리게 되었다. 이제는 혼자 무슨 짓을 해도 그들이 쳐다보지 않게 되었으니 일상은 한결 자유로워졌는데 별다른 관심 없이도 이상하게 잘 컸던 그 언니들을 생각하면 식물이란 참 기묘한 존재 같다고 느낀다. 소리 없이 알아서 너무 잘 큰다. 내가 스물일곱 해 동안 크면서 크고 작은 소음과 말썽을 일으킨 것을 생각하면 부끄럽다.

아무튼 화분에 사는 식물 친구들은 이토록 무섭게 생과 사를 알아서 책임져나갔는데 다발로 받은 친구들은 기를 쓰고 살리려고 해도 늘 조금씩 조금씩 죽어갔다. 수국도 카네이션도 그랬다. 내 카메라 사진첩 속에 영정으로만 남아 있다. 살아 있을 때 매일매일 하루 세 번씩 들여다보고 챙겨주며 즐거워했지만 어느 날부턴가 조용하게 말라 있곤 했다. 그리고 그 죽음을 막을 길도 없어서 더욱 슬펐다.

식물이란 정말 어려운 녀석들이다. 어느 녀석들은 알아서 잘도 살면서 주인에게 마구 항변하기도 하는데 어떤 녀석들은 관심을 주고 사랑을 줘도 시름시름 하다가 생을 다해버린다. 나에게 문제가 있는 것일까. 아무튼 자발적으로 식물을 데려오는 일은 앞으로도 삼가는 것이 좋을 것 같다.

행복한 편수 냄비

뭐든 다 갖추면 참으로 아름답고 좋을 것 같지만 그렇지 않을 수도 있다. 정말로 다 갖추지 않아도 사랑받는 것들이 있다. 우리 집에는 스테인리스 편수 냄비가 하나 있는데 그 편수 냄비를 보면 정말 그렇다는 사실을 알 수 있다. 이 친구는 다른 냄비와 다르게 손잡이가 달랑 하나인데 다들 얘를 못 써서 안달이다. 이 친구에 뜨거운 국을 끓인 후에 옮길 때에도 오롯이 두 손의 힘을 한 손잡이에 모아 손쉽게 들 수 있다. 또한 비비는 라면을 만들 때에도 정말 편리하다. 이런 종류의 라면은 중간에 끓인 물을 따라 버려야 하는데 이때 이 냄비를 이용하면 한 손은 냄비를 기울이도록 손잡이를 잡고 나머지 한 손으로는 면을 사수할 수 있다.

때로 라면을 끓이는 타이밍이 오빠와 겹치면 편수 냄비 쟁탈전을 벌이기도 하는데 후발 주자는 어쩔 수 없이 도자기로 만들어진 일반 냄비를 사용하게 된다. 장미 넝쿨도 화려하게 그려져 있는 어느 유명한 도자기 회사의 제품이라는데 편수 냄비에 비할 바가 못 된다. 심지어 설거지를 할 때에도 편수 냄비가 다른 일반 냄비보다 훨씬 편리하니 편수 냄비는 다 갖추지는 못했지만 모두의 사랑을 받고 있는 참으로 행복한 냄비이다.

다 갖춰야 사랑받을 수 있다고 생각하며 스스로를 채찍질했던 시절이 있었다. 공부도 잘하고 성격도 활달하고 예쁘고 날씬하면 그제야 마땅히 사랑받을 자격을 얻을 수 있는 줄로 알았다. 굳이 애써 불평할 것까지는 없었던 튼튼한 육체와 정신을 나무라며 악착같이 괴롭혔다.

그 시절을 돌이켜보면 스스로가 가엾다. 자기 연민은 좀 우스운 것이라 생각하지만 솔직히 울컥하게 된다. 누구도 내게 "넌 모자란 인간이니 더 채워넣도록 해"라며 채근한 적도 없는데 나 혼자 그런 식으로 여기고 수없이 스스로에게 회초리질을 했다. 나의 쓸모에 대해 자주 의문을 던지고 부정했다. 그렇게 여기저기 생채기가 난 채로 남들이 말하는 괜찮은 대학에 입학도 했다. 하지만 입학한 후에도 매질은 계속되었다. 마찬가지의 과정을 또 겪었다. 또다시 자신을 미워하지 않겠다며 재수도 마다했던 나인데 막상 대학에 들어가고 나서도 또다시 그 괴롭힘을 되풀이했다. '이 상태로는 누구도 날 사랑해주지 않아', '더 나아져야지. 안 그러면 날 떠날 거야'라는 생각으로 말이다. 누구도 내게 그런 말을 하지 않았다. 다만 내가 그렇게 말했을 뿐이다.

지금은 전보다 스스로가 조금 더 편해졌다. 하지만 돌이켜보면 많은 시간과 상처가 필요했다. 아직도 나는 스스로가 이따금 밉고 싫다. 그렇지만 전보다 나의 부족한 부분을 좀 더 받아들이게 되었다. 아니, 포기하게 되었다. 게다가 곰곰 생각해보니 완벽하지 않은 찌그러진 나지만 내 곁에서 오랜 시간 나의 볼과 등을 쓰다듬어주는 소수의 사람들이 있다. 또 새로이 누군가를 만나 사랑을 받는 일도 생긴다.

여전히 불안정하고 부족한 사람이지만 누군가는 내 곁을 지키고 또 누군가는 부족한 나에게서 나도 모르는 매력을 찾아 소중히 여겨준다. 아직도 거울을 보며 '어휴, 못났다' 하고, 쉬는 날이 길어지면 '이러다가 일이 끊기면 어떡하지. 나 작가라고 해도 되나' 한다. 하지만 전처럼 나를 미워하지 않는다. 애써 가지려고 노력했던 것들을 조금이라도 이루고 났을 때 느꼈던 허탈감, 그리고 이루었다고 생각했을 때 찾아오는 또 다른 결핍……. 그 굴레를 슬슬 떠날 채비를 하다 보니 행복한 편수 냄비의 마음을 이해하게 되었다. 다 가지진 못했지만 나도 나름 쓸모가 있고 인기도 있을 수 있다. 프랑스제 유명한 브랜드에서 나온 세련된 냄비보다는 볼품없지만 우리 김씨 가정 내에선 못써서 안달인 그런 편수 냄비의 삶도 있으니까.

모두에게
응원받을 수는 없다

기왕 시작한 것, 하기로 마음먹은 것을 도와주지는 못할망정 응원이나 좀 해주면 어디 덧나나 싶을 때가 있다. 하지만 모두에게 사랑받는 것만큼이나 모두에게 응원받는 일은 좀처럼 일어나기 힘들다. 특히 가까운 사이일수록 그렇다. "나 이런 것 해보려고 해"라고 선포한다면 아마 지인으로부터는 "그렇구나! 잘될 거야" 정도의 응답을 받을 것이고, 친한 친구로부터는 "정말? 흠, 그렇구나. 그래. 네가 그렇게 하기로 했을 땐 이유가 있겠지"라는 응답을 받을 것이라고 예상한다. 하지만 가족이라면 "그게 무슨 말이야. 진지하게 생각해본 것 맞아?" 하고 못 미더운 얼굴로 되물을 가능성이 높다. 더 격한 표현을 써서 되물을지도 모른다(가령 "미쳤어?"라든지). 선포한 내용이 무거우면 무거울수록 아마 더욱 그럴 것이다.

내가 누구보다 응원을 바라는 것은 지인보다도, 친구보다도 가족일 터인데 우리는 가족이라는 이유로 더욱 서로를 응원해주지 않는다. 가족일수록 더 웃는 낯으로 나의 선택을 믿고 응원해주면 안 되나. 언젠가 내가 프랑크푸르트에서 열리는 도서전에 혼자 다녀오겠다고 했을 때에도, 수년 전 입사를 앞두고 혼자 제주도에서 일주일간 머물고 오겠다 했을 때에도, 합격한 회사에 입사하지 않고 바로 전공도 아닌 그림을 그리겠다며 선포했을 때에도 가족이 만장일치로 나의 선택을 응원해준 적이 없다. 꼭 누군가는 반기를 들거나 머리를 싸매고 누웠고, 그러기로 나는 마음먹었는데 반대하는 가족 때문에 마음이 무거웠다. 어린 마음엔 그게 불만이었던 것이다. 모두가 협조하는 분위기 속에서 뭐든 시작하고 싶다고!

하지만 반대로 내가 그 찬반의 일원이 되었을 때를 떠올리면 나도 막상 무조건적인 지지를 보낼 순 없었다. 오빠가 이직을 해야겠다고 마음을 먹었을 때에도 그랬고 아버지가 큰 TV를 사야겠다고 할 때에도 그랬다. “그래. 그렇게 생각했을 땐 이유가 있겠지. 언제나 곁에서 응원할게” 혹은 “난 찬성이야. 좋아!” 하며 고분고분하게 대꾸하질 못했다. “안정적인데 왜? 이직하면 더 나아지는 게 맞아?”라든지 “이미 TV가 있는데 얼마나 본다고 그렇게 큰 걸!"이라고 했던 것 같다. 더 세게 말했을 가능성도 높다. 어차피 결정권은 그들의 손에 있는 노릇이고 나보다 수배로 더 고민했을 사람들에게 나는 너무 쉽게도 반대를 했다. 내 입장에선 소중한 사람들이 걱정되었기 때문이지만 말이다. 그런 내가 가족 모두의 무조건적인 지지와 응원을 바란다는 것은 욕심이고 고집이다. 하지만 아이러니하게도 그 사람이 소중할수록 나는 쉽게 응원할 수 없다. 정도는 다르겠지만 그건 가족뿐 아니라 나에게 소중한 사람이라면 그렇다.

모두에게 응원받는 일은 이런 다소 애틋한 이유로 쉽지 않은 것이다. 그러니 모두의 무조건적인 협조와 신속한 응원 속에서 어떤 것을 선택하고 시작하고픈 마음은 욕심이다. 얼마간은 못 미더워하고 걱정하는 분위기 속에 놓일지라도 결국 내 곁에서 나를 지지해주는 사람들은 내 시작과 선택에 쉽사리 응원하지 않았던 이들이다. 훗날 내 선택으로 인해 후회로 점철된 날들이 이어지더라도 내 옆에서 기댈 어깨를 내어줄 사람들. 그 사람들은 우릴 쉽게 응원할 수 없다는 것을 이제는 안다.

지난주 물회를 먹으러 갔던 횟집에서 아버지는 "좋아하는 일을 한다지만 현실적으로 벌이는 되는 거냐, 그렇게까지 고생해서 하는 게 맞는 거냐"라고 물었다. 역시나 대인배는 못 되는 탓에 욱해서 "이미 두 해째 하고 있는데 그런 걱정이라면 그만! 알아서 한다구요"라는 말이 올라왔지만 광어회 한 점과 함께 삼켰다. 예전엔 바로 앞니까지 차올랐다면 이제는 명치 정도까지 올라온다. 무슨 마음인지 알기 때문에. 아빠, 걱정해주어 고마워요. 더 큰 TV 사는 일 응원해주지 못해 나도 미안해요.

각자의 홍보법

조악한 간판이나 광고지, 현수막, 표지판 등을 보는 것은 내가 좋아하는 소일거리다. 글귀가 재미있는 것도 있고, 단어 자체는 평범한데 이를 구현해놓은 그래픽이 재미있는 것도 많다. 얼마 전에 여수로 여행을 갔을 때에 봤던 갓김치 입간판이 생각난다. 갓김치를 담근 여사님의 증명사진과 함께 수십 포기의 갓김치 이미지가 들어 있었는데 새빨간 바탕에 노란 글씨라 더욱 눈길을 사로잡았다.

인적이 드문 도로에서 방문객들의 시선을 잡으려면 빨강과 노랑 보색 대비가 꽤나 효과적일 것이라는 생각까지는 공감하였지만 여사님의 증명사진은 왜 필요했던 것일까. 김치를 담그는 모습도 아닌 귀를 내놓고 정면을 응시한 증명사진 말이다. 아마도 여사님이 해외여행 가실 적에 찍었던 여권 사진이 아닐까 싶었다. 아무튼 각자의 마케팅법이니까 '그럴 수도 있지'라는 생각이 들었지만 50센티미터 간격으로 여사님의 증명사진이 붙은 입간판이 여덟 개나 서 있는 것은 어쩐지 갓김치의 감수분열 같아서 이상했다.

증명사진을 이용한 사장님 홍보법은 사실 여수까지 갈 것 없이 서울에서도 많이 볼 수 있다. 각종 탕류, 국밥류를 파는 가게 간판에서 심심치 않게 사장님의 여권 사진을 볼 수 있다. 스프레이로 야무지게 고정한 머리와 새빨간 입술이 늘 시선을 끈다. 그게 순댓국밥이나 추어탕 홍보에 어떤 역할을 하는지는 모르겠지만 순댓국밥 요정님 정도로 해석할 뿐이다.

그다음으로 재미있는 전단은 역시나 폐업 관련한 할인 매장 전단인데 글귀가 몹시 재미있다. 이제는 '사장님이 미쳤어요'라든지, '눈물의 정기 세일', '진짜 마지막! 고별전!' 같은 부류는 기발한 축에도 못 낀다. '1원 한 장 못 받고 나가는 신세', '빚내어 파는 겁니다', '가게 보증금도 못 받고 나가는 마당에 다 퍼드립니다' 등등 기발한 글귀가 많다. 애덤 스미스가 혀를 끌끌 차는 소리가 들리는 듯한, 자본주의를 역행하는 글귀이지만 이걸 생각해냈을 사람을 상상해보면 무척 유쾌한 중년일 것 같아서 상상하는 재미가 쏠쏠하다. 어떻게 이런 마케팅법을 상상한 걸까.

그림 작가인 나보다도 상상력이나 유머가 월등한 것 같다.

차를 타고 가다가 보이는 표지판 중에도 재미있는 것들이 많다. 내가 특히 좋아하는 것은 졸음운전 방지 관련 표어나 표지판 들인데 생각보다 내용이 자극적이어서 놀랐다. '졸리면 제발 좀 자고 가세요!'라든지 '지금 졸면 영원히 자는 수가 있다', '졸음 쉼터 100m' 등등 운전 중에 졸았다간 표지판이 살아나서 내 멱살이라도 잡는 게 아닐까 싶을 정도로 공격적이다. 그만큼 졸음운전은 해선 안 될 일인 것이다.

긴 표어 말고도 '졸음 죽음' 같은 짧은 단어 조합도 무섭다. 매우 볼드한 글씨체로 크게 써붙여져 있어서 저걸 제작하고 붙였을 때의 쾌감은 상당했으리라 싶다. 서체며 글자의 크기며 예민하고 섬세하게 다뤄야만 하는 디자이너 입장에서 저렇게나 촌스러운 글씨로 이렇게나 크게 표어를 제작하다니, 정말 신나는 일이었을 것이다. 일탈이랄까.

근데 분명 저 표어들 모두 공무원들의 기획 회의하에 정해져서 제작된 것일 텐데 그 회의는 또 얼마나 재미있었을까. "자, 모두 생각해 온 표어들을 정리해서 말해봅시다" 하고 팀장이 말하면 사원 1이 "한 번의 졸음으로 여러 생명 위협한다. 어떻습니까?" 하면 사원 2가 "그건 좀 약한 것 같은데요. 제 생각엔 '차에서 자는 잠, 무덤까지 잔다' 이게 낫지 않을까요?" 하는 것일까.

아마도 사원 3이 발언한 "졸다가 너만 죽으면 다행인데" 같은 부류가 팀장에게 채택되어 대전 통영 고속도로에 붙어 있을지도 모른다.

겸손해질 때

모든 성장은 이미
멈춘 줄 알았는데
어느새 손톱이
이만큼이나
자라있을 때

화장실에서 강아지가
"너도 응아해?"
라는 표정으로
우두커니 날 바라볼 때,

슬픔이 목구멍까지 차올라 마음이 미어져도
이내 배가 고파져서는
밥 한 숟갈을 넘길 때

'맞다, 나도 동물이었지' 하고 괜시리 머쓱하고 겸손해진다.

없구나 놀이

'나는 차도 없고 집도 없지만 두 팔과 두 다리가 있어!' 식의 마음가짐은 나 같은 소인배에겐 별다른 감상이나 감동도 주지 못한다. 차라리 '차도 없고 집도 없는데 시험도 없고 밀린 숙제도 없고 치통도 없고 대출도 없고 상사도 없고 출퇴근도 없구나' 하며 비우는 마음가짐이 더 위안을 준다. 어떤 쪽이 더 건강한 자기 위안법인지 모르겠지만 당장의 나는 '없다'는 몇 가지 사실에 만족하며 살고 있다.

물론 가진 것에 감사함을 느끼는 날들도 이따금 있다. 하지만 이미 가진 것은 너무나 쉽게 삶에 흡수되어버리기도 하고 천사 같은 마음으로 가진 것을 헤아려보며 즐거워하기엔 나는 욕심이 많은 인간이다. 그런 까닭으로 없는 것에 초점을 맞추어 세

속에 흔들리는 이 알량한 마음을 다스려보고자 했던 것인데 이게 은근한 재미를 준다. 설거지를 할 때나 청소기를 밀 때, 쌀을 씻을 때와 같은 일상적인 순간에 내가 가지지 못해 다행인 것들을 생각한다. 적당히 생각해선 재미가 없으니 구체적으로 생각해야 한다. 그래야 무료한 평일 한낮을 혼자서도 즐겁게 보낸다.

가령 이런 것들을 생각한다. 나는 집이 없으니 집 전세 대출도 없구나, 차가 없으니 자동차 보험비도 없구나, 졸업해서 중간고사가 없구나, 그럼 기말고사도 없구나, 미혼이라 내가 먹여 살릴 식솔이 아직 없구나, 다시마 환을 열심히 먹었더니 변비가 없구나, 어제 재활용품들을 버렸으니 오늘은 분리수거할 게 없구나, 월요일이라 낮에 가족들이 출근하고 없구나, 한낮엔 위층 사람들도 모두 외출을 하니 층간 소음이 없구나, 며칠 전 마감을 해서 잔업도 없구나, 어제 주문한 운동화는 배송비가 없구나 등등.

큰 위안을 주는 것은 아니지만 내가 가진 것을 상기하는 일보다는 가볍고 재미있다. 가진 것이 없는데 가진 것에 만족하라는 식의 위로가 통하지 않는 나와 비슷한 수준의 사람들에게 가끔 추천하고 싶은 놀이이다. 혼자 있다 보니 이 작가는 별것으로 시간을 다 보내는구나 싶을 것 같다. 그렇지만 이게 소일거리를 하며 생각하기엔 그런대로 재미있다. 그러나 '현금은 있는데 붕어빵 포차가 없구나' 같은 생각은 조금 싫다.

무엇을 낼까

힘내는 것보다 돈 내는 게 쉬워서
이미 넘치는 보디로션을 또 샀다.
집에 오는 길에 맥주도 샀다.
그냥 계산하려다 아버지, 오빠 마실
청하랑 복분자도 골랐다.

집에 가는 길에 없는 힘을 내라고 하는 것이,
힘내는 것보다 돈 내는 게 쉽다는 사실이
공연히 짜증이 나서 족발도 시켰다.
다음엔 돈 대신 성질을 내봐야 하나.

엄마는 웬 맥주며 족발이냐 하셨다.
생각해보면 엄마는 힘내라고 하면
없는 힘내려고 아등바등하는 사람이고
대신 돈 내라고 하면 성질을 종종 내셨다.

힘내는 대신 돈을 덜컥 내는 딸과
돈 내는 대신 성질을 가끔 내는 엄마가
같이 사는 게 재미있어서 힘이 조금 났다.

미운 효능

엄마와 함께 오래 알고 지낸, 엄마에겐 가장 친한 친구였던 아주머니의 병문안을 갔던 날이 생각난다. 너무나도 건강했고, 평범했던 그녀에게 이런 비극은 어울리지 않는다고 생각했다. 하지만 느닷없이 발견된 병은 무서운 기세로 아주머니의 몸을 무너뜨렸다. '설마, 곧 괜찮아지시겠지'라는 생각을 할 겨를마저 빼앗긴 그런 날, 나는 직접 그린 해바라기 그림과 함께 병원으로 향했다. 해바라기 그림은 아주머니가 꼭 보고 싶다던 그림이었다.

병원엔 그날따라 장터가 열렸는데 향토 음식이니 말린 약초 등을 병원 내부에 늘어놓고 판매하고 있었다. 대학병원이 아니어서인지 규모가 작지 않았음에도 이런 잡다한 이벤트가 열려 있었다. 병원 내부에서 장터라는 것도 생경한 광경이었지만 자꾸 내 눈엔 약초의 효능을 단락 구분 없이 줄줄이 적어놓은 하드보드지만 보였다. 아픈 사람들이 가득한 공간이라 저 하드보드지에 적힌 효능들이 톡톡히 매출을 올려주려나 하는 생각이었다. 여성에게도 좋고 남성에게도 좋고 성장기 어린이에도 좋고 갱년기에도 좋고, 장에도 위에도 두뇌에도 좋은, 지구촌 모든 이들을 살릴 기세의 효능들은 병원과 어울리지 않았다.

병실에 올라가 문을 열었는데 아주머니를 뵌 그 순간 그야말로 숨이 턱 막혔다. 얼마나 야위었던지 내가 알던 사람이 아니었다. '울면 실례다. 울면 진짜 실례다'를 속으로 수십 번 되뇌며 허벅지를 꼬집고 또 꼬집었지만 눈물이 왈칵 쏟아졌다. 간신히 눈물을 닦아내고 해바라기 그림을 전달했다. 아주머니는 너무 고맙다고 말씀하셨지만 나는 알아들을 수 없었다. 사람이 너무 야위면 말할 힘도 없지만, 말을 할 입술과 볼도 사라진다는 것을 그때 처음 알았다. 병실을 나와 우리를 배웅하는 아주머니의 아들에게 작별 인사와 함께 위로를 전했다. 가능성 없는 희망도 말했던 것 같다. 아들이 병실로 들어가고 엄마와 나는 엘리베이터를 탔다. 둘 다 팔자 주름 사이로 흐르는 눈물을 연신 닦아냈다. 병원 로비에 내려보니 아직도 장터는 열려 있었다. 효능 팻말도 뻔뻔하게 붙어 있었다.

그 후로 한동안 효능을 보는 것이 너무 분했다. 어딜 가나 효능이 붙어 있었고 어떤 것이든 다 고칠 수 있다고 빵빵 소리쳐대고 있었다. 목욕탕엘 가도 효능이 붙어 있고, 음식점에 가도 효능이 붙어 있다. 다들 하나같이 모두에게 좋다고 말하고, 어떤 병에도 듣는다고 말하고, 이것저것 예방한다고 말하는 게 분했다. 아주머니는 우리가 병문안 간 이후로 아주 조금의 시간을 이곳에서 보내고 돌아가셨다. 만약에 사람의 건강이라는 것이 경동시장에서 살 수 있는 것들로 충분히 회복된다면 얼마나 좋을까. 삼계탕집에서 세 끼를 매일 먹어서 회복된다면, 허브탕에서 반신욕만 성실하게 해도 건강이 돌아온다면 얼마나 좋을까. 그렇게 되지 않는다는 것을 안다. 그리고 효능 좀 어처구니없게 적어 붙이는 게 대단히 나쁜 짓도 아니라는 것도 안다. 하지만 그 병문안 이후로 효능을 읽는 것은 영 마음 아픈 일이 되어버렸다.

순대국
7000

돼지국밥
8000

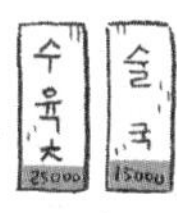
수육 大
25000
술국
15000

<순대의 효능>
본초강목 에서는 돼지피는 빈혈, 심장쇠약, 두통, 어지럼증에 좋으며 돼지는 간 기능 저하, 간염, 빈혈, 야맹증, 시력 감퇴에 도움이 된다고 한다.
돼지 고기에 들어있는 '리놀산'이 혈액 내의 콜레스테롤 양을 줄여 동맥경화, 심근경색을 예방한다.

감동 수취인의 자세

감동하는 포인트는 주로 예기치 못한 데서 발생한다. 감동을 주는 사람이 의도하지 않은 부분에서 감동을 느껴버리는 예외성도 있고, 주는 이는 의도했는데 감동을 받는 사람이 예상치 못해서 느끼는 예외성도 있다. 전자의 경우는 주로 인간이 아닌 것에서 자주 느낄 수 있다. 가령 맥주가 의도한 것은 아닌데 나에게 크나큰 시원한 감동을 준다든지, 볕에 누워 자고 있는 고양이의 엉덩이가 의도한 것은 아니지만 나에게 큰 귀여움을 안겨주는 그런 예시를 들 수 있다. 받는 이가 적극적이어야 느낄 수 있는 감동들이다. 왜냐하면 주는 이는 보통 아무 생각이 없으니까 말이다.

하지만 후자의 경우 전자와는 달리 주로 사람에게서 얻을 수 있다. 상대를 기쁘게 해주겠다는 의도로 무언가를 행하는 인풋이 있고 그걸 예상치 못했던 감동의 수취인이 화들짝 놀라며 기뻐하는 아웃풋이 발생한다. 감동시키겠다는 의도의 인풋이 있다면 언제든 일어날 수 있는 사건이지만 주로는 어떤 특별한 때에 일어나는 것이 보통이라 자주 일어나지는 않는다. 줄 사람은 생각도 않는데 받는 이 혼자 설레어봤자 소용이 없다. 감나무는 감을 떨굴 생각이 없는데 그 밑에 입 벌리고 누워도 소용없는 것과 같은 이치이다.

작은 감동의 순간들은 켜켜이 쌓여서 살기 싫은 날들을 조금씩 덮어 인생을 살 만하게 가꾸어준다. 그래서 나는 이전보다 더 적극적인 감동의 수취인이 되어보기로 했다. 내게 감동을 줄 사람은 별로 없지만 언제고 셀프로 감동을 수취할 만한 상황들을 더 늘리는 것이다. 기념일에만 감동받고 살기엔 퍽퍽한 일상이니 감동의 역치를 낮추고 기쁨을 증폭하는 방식으로 사는 것이다.

오늘은 무지 배가 고프다 하며 늦게 귀가한 날, 집에 와보니 가족들이 먹다 남긴 달걀말이 서너 점을 발견했을 때 반찬이 식었다고 시큰둥하지 않고 기뻐한다. 이 맛있는 반찬을 무려 서너 개나 남겨주다니. 오랜만에 만난 친구가 주머니에서 못생긴 귤 하나를 툭 던져도 기뻐해본다. 한라봉은 아니지만 나한테 달고 맛있는 귤을 주려고 안 먹고 주머니에서 주물럭거렸구나. 얼마나 주물럭거렸는지 껍질도 잘 까지네! 해본다. 엘리베이터 지각생을 위해 5초 남짓 열림 버튼을 꾹 눌러줬던 이웃 아저씨의 검지에 감동해보고, 당연히 떠야 할 시점에 떴을 뿐인 보름달이지만 말 걸면 대답할 것만 같은 크기에 혼자 즐거워해본다. 너무 별것도 아닌 예시라 이걸 감동이라고 불러도 좋을지 모르겠지만 '그렇게 불러도 좋다'고 생각하는 자세를 갖도록 해본다.

뭐 눈에는
뭐만 보인다고

뭐 눈에는 뭐만 보인다는 말이 있다. 평소에 자기가 좋아하는 것, 관심 있는 것만이 눈에 띈다는 속담이다. 정말 그렇다고 생각하는 순간들이 있다. 일러스트레이터가 되고 난 후에는 책의 표지 뒷장을 살피어 이 책에 그림을 그린 이는 누군가 찾아보게 되고, 서점에 가면 내가 그린 책이 제일 먼저 눈에 띈다. 낯선 동네의 골목을 거닐다가도 'Pub', 'Brewery' 같은 외국어가 제일 먼저 시각을 사로잡는다. 그야말로 알파벳이 범람하는 런던에서도 저 두 단어만 형광펜으로 그은 듯이 보였으니 정말 뭐 눈에는 뭐만 보이는 노릇이다. 동네에 '순복음대광교회'라는 교회가 있는데 그 교회는 보통 때는 안 보이다가 배고플 때엔 꼭 눈에 띄어서 '순대볶음교회'로 보인다. 이건 적당한 예시가 아닌가. 아무튼 내가 좋아하는 것들이 어딜 가나 내 이목을 제일 먼저 이끈다.

사람을 볼 때도 그렇다. 나는 앞니가 토끼처럼 큼직한 사람을 좋아하는데 그래서인지 처음 본 사람이라도 앞니가 토끼 같다면 잘 기억하는 편이다. 다른 기억력은 영 꽝인데도 딱 앞니에 대한 기억력만 좋다. 이 책을 함께 만드는 나의 에디터도 앞니가 토끼 같아서 첫 만남부터 나의 환심을 샀다. 또 남자친구의 앞니도 큼지막한데 그 친구도 큰 앞니를 가지고 태어났다는 이유만으로 나의 호감을 샀다. 게다가 앞니가 큰 친구 한 명이 교정을 한다고 했을 때 얼마나 섭섭했던지. 그리고 좋아하는 일본 영화배우는 단연 다케우치 유코다. 쓰다 보니 앞니 이야기가 되었다.

각설하고, 그런데 이상하게 슬프고 외로울 때는 반대의 것들이 먼저 눈에 띈다. 오랫동안 혼자일 땐 커플들이 어딜 가나 눈에 띄었다. 철썩 붙어가지고 길이나 막고 말이야, 남사스럽게 사람들 이렇게 많은데 막 입도 맞추고 말이지! 그리고 유독 긴 시험 기간 중엔 시험이 끝나 하하 호호 명물 거리를 걷는 학생들만 눈에 띄곤 했다. 면접 불합격 소식을 듣던 날엔 퇴근하는 직장인들만 그렁그렁 눈에 들어왔다. 또르르 굴려 보내면 다시 그렁그렁 눈에 들어오고 그랬다. 그 사람들 눈에는 걱정 없이 학교나 털레털레 다니는 대학생인 내가 보였을지도 모르겠다.

"뭐 눈에는 뭐만 보인다"는 말은 어쩌면 결핍된 무언가를 단번에 알아보는 것에 대한 말일까 싶다. 좋아하는 것, 비슷한 것보다 내게 없는 것, 그래서 서글픈 것이 늘 더 강력한 자력으로 시선을 이끌었으니까 말이다. 요즘 내 눈을 이끄는 결핍 요소는 떡볶이 포장마차. 동네에 정말 너무 없다. 서글픈 겨울.

대출

에잇, 알콜의 힘을
조금 빌려야겠어.
너무 많이 빌렸다....
돈도 함부로 빌리지 말고
알콜의 힘도 함부로 빌리지 말자.
오직 책만 마음껏 빌리자.

인간의 굴레

'내가 낳아달라고 한 것도 아닌데' 하는 생각에 억울해했던 적이 있다. 물론 지금보다 훨씬 어릴 때의 생각이다. '세상에 태어났다는 그 자체가 경이이고 축복인데 감히 그런 생각을 하면 못쓴다'는 식의 아름다운 논리로는 위로받지 못했다. 일단 태어난 그 자체가 왜 축복인지 공감할 수 없기 때문이고 "너 태어날래 말래?" 하고 물어봐주었더라면 좋았으련만 하는 생각도 있었다. 그랬다면 살면서 겪는 많은 불평등과 부조리도 입 꾹 닫고 받아들였을 텐데 말이다.

하지만 태어났을 때는 늦었다. 이미 상황은 내 의지와 상관없이 구성되어 있다. 내 의지와 무관하게 구성된 환경 속에 살면서 '재는 안 겪는데 나는 겪는 일'들도 버텨야 하고 '재는 겪는데 나는 안 겪는 일'들도 운 좋게 생긴다. 이 문제에서 가장 많이 소환되는 사람은 아마도 부모님일 것이다. '내가 낳아달라고 한 것도 아닌데!' 하는 식의 원망은 보통 나를 만든 부모님을 향하곤 했다(물론 속으로 말이다. 직접 말했다간 내쫓길 일이다).

그런데 부모님도 딱 나 같은 사람을 애초에 계획했을까? 그리고 부모님이라고 본인이 원해서 세상에 태어난 사람들일까? 부모의 부모들은? 거슬러 생각해보면 인간 중 그 누구도 자신의 의지로 태어난 사람이 없다. 그리고 그 누구도 태어날 환경을 선택해서 나온 사람이 없다. 태어나 보니 이미 '짜잔' 하고 일이 벌어진 것이다. 그러니 이러한 원망은 인간이라면 누구나 생각할 법한 원망이면서도 그 누구로부터도 해결 방법이나 위로를 얻을 수 없다. 태어난 이상 필연적으로 모두가 겪는 인간의 굴레다.

다들 처음 살아보는 것인데 왜 이런 터무니없는 원망을 했을까. 부모님도 인생은 처음일 텐데 말이다. 나 같은 딸도 처음일 테고. 모두가 인생엔 처음이고 서툴 수밖에 없다. 누구 하나 의지로 태어난 사람이 없는 같은 처지라고 생각하니 딱한 생각도 들고 모두가 친구같이 느껴진다. 서툰 사람들끼리 잘 다독이며 살아야겠다. 여기 함께 사는 지구인들 모두 그냥 결과들인데 원인을 누구에게서 찾을 수 있겠나.

떡볶이 맛있게 만드는 방법

떡볶이를 맛있게 만드는 방법에 대하여 쓸 자격이 있느냐 하면 내가 1년 동안 떡볶이를 만드는 횟수를 통해 그 자격을 얻어 보려 한다. 나는 일주일에 두 번은 떡볶이를 해 먹는 헤비 떡볶이터heavy 떡볶eater로서 1년치를 계산하자면 104번은 만드는 사람이다. 그러니 떡볶이를 맛있게 만드는 방법에 대해서라면 어느 정도 말할 자격이 있지 않겠느냐는 생각이다.

떡볶이를 맛있게 만드는 방법을 A부터 Z까지 말하고 싶지는 않다. 장사를 할 생각이 있는 것이 아니라면 맛을 관통하는 하나의 노하우를 통해 여러분이 일상 속에서 체득하길 원할 뿐이다. 육수부터 말하자면 너무 긴 이야기가 되니 단 한 가지의 이야기만으로도 여러분이 열을 깨달아 모두가 손쉽고 간편하게 맛있는 떡볶이를 만들었으면 하는 바람이다.

그 한 가지가 무엇이냐 하면 '네가 생각하는 것보다 적게 넣어라'라는 것이다. 아시다시피 떡볶이의 양념은 대단할 것이 없다. 궁극적으로 따져보자면 그냥 물에 떡과 양념을 넣고 끓이는 음식이다. 양념에는 여러 가지를 넣을 수 있겠으나 고추장, 고춧가루, 설탕 그리고 약간의 다시다 정도만 있어도 충분하다. 심지어 고추장과 고춧가루 둘 중에 하나만 있어도 충분하니 그야말로 미니멀한 음식인 셈이다.

들어가는 재료에 대해서는 많은 이가 이미 알고 있을 테지만 이것을 얼마나 넣느냐가 제일로 관건인데 바로 이 지점에서 한 가지 노하우를 말하고 싶은 것이다. 당신의 생각보다 적게 넣을 것. 바로 이것이다. 빨갛게 만들고 싶다고 고춧가루를 너무 많이 넣으면 텁텁해지기 쉽다. 달게 만들고 싶다고 해서 설탕이나 물엿을 너무 많이 넣으면 한두 입까지만 맛있을 것이다. 국물 떡볶이를 먹고 싶다고 해도 당신 생각보다는 물을 적게 넣어야 할 것이다. 떡볶이는 들어가는 재료의 가짓수만큼이나 심플한 음식이다. 과잉을 조심해야 하는 음식인 것이다.

각자의 생각이 다르니 '생각보다'라는 말이 조금 혼란스러울 수 있지만 내 수백 번의 떡볶이 조리 경험을 통해 보자면 정말 그랬다. 빨갛게 만들려다가 고춧가루의 풋내 때문에 망쳐버린

적도 있고, 맵게 만들려고 한 주걱 더 넣었던 고추장은 떡볶이를 짜게만 만들었으며, 감칠맛을 낸답시고 넣었던 조미료는 알 수 없는 느글거림을 선사해주었다. 내 생각보다 2할 정도 적게 넣었을 때, 그제야 간도 맛도 안성맞춤이 되었다.

이런 깨달음을 얻기까지 얼마나 많은 과한 맛의 떡볶이를 먹었던가. 육수를 곱게 내어 만든 떡볶이는 멸치 맛이 너무 강해 입안을 어시장 방불케 했고, 마늘을 곱게 빻아 넣어보니 '내가 마늘이오' 하고 아우성치는 통에 한나절 동안 사람과 말을 못하게 하는 반사회적인 떡볶이도 먹어야만 했다. 지금의 맛있는 떡볶이를 만나기까지 꽤 많은 실패를 경험했다. 그리고 지금은 그 실패들을 통해(고작 떡볶이를 만드는 것일 뿐이지만) 덜어냄의 미학에 대해 다시금 느끼게 되었다.

일러스트레이터로 일을 시작한 지 고작 2년, 그림을 그릴 때에도 떡볶이를 조리하는 그 순간을 자주 생각한다. 내 생각보다 2할 정도 덜 힘을 줄 것, 요소를 과잉으로 집어넣지 않을 것. 이 두 가지를 염두에 두고 그림을 그린다. 여전히 내 그림은 어설프고 과하지만 이 그림들을 거쳐 언젠가 힘을 빼는 기술을 얻게 되는 날에는 지금의 내 떡볶이처럼 담백하지만 맛깔스러운 그림이 되지 않을까 기대하며 매일 작업을 한다. 점심으론 떡볶이를 먹고 말이다.

잘못 따른 맥주

애초에 맥주를 잘못 따라버리면 거품만 그득하게 잔을 채우게 된다. 수습하려 더 부어봤자 거품만 계속 불어나서는 결국 거품만으로 잔을 채우는 것도 모자라 거품이 범람해버려 한바탕 휴지 파티를 해야 한다. 마음은 이미 축배를 끝냈는데 거품을 닦으며 뒤치다꺼리를 하다 보면 맥주도, 맥주를 마시고픈 내 간절함도 김이 샌다. 결국엔 맛없는 한 잔을 들이켜야만 하는 불상사가 일어난다.

정말 원하는 일이 있다면 무턱대고 달려들지 말고 천천히, 잘 좀 준비해보자라는 생각을 문득 한다. 고작 맥주 따위를 마실 때에도 급한 마음에 대충 따랐더니 이 모양인데 더 중요한 일들은 말할 것도 없겠지. 간절한 만큼 숙고하고 준비해서 멋진 첫

FRESH
BEER
FRESH
4.5% ACL/VOL.
500mL
BEER
FRESH
FRESH
FRESH

잔을 따라야 한다. 방금 맥주를 잘못 따라버려 속상해서 쓴 글은 아니다. 정말입니다. 정말 맥주 잘못 따라서 원고가 젖어 쓴 글 아니에요.

연민

내가 도울 수 없다면 얄팍한 연민은 갖지 않아야겠다 생각했는데 아직도 내 값싼 연민 때문에 마음이 아프다. 횡단보도 앞에서 신호를 기다리며 봤던 큰 방어 한 마리가 수족관에서 뻐끔뻐끔 수면 위로 올라왔다 내려갔다 했던 풍경이 기억난다. 다음 날 봤을 땐 하얀 배를 뒤집어 보이고 있었다. 살겠다고 그 얕은 수위를 오르락내리락하던 녀석은 하루 만에 배를 뒤집어 보였고 누군가의 뱃속으로 들어갔겠지, 어쩌면 내 뱃속일지도 모르겠다.

연희동에 있는 서점에 가던 길에 봤던 애견 숍의 쇼윈도에 놓인 어린 몰티즈들도 기억난다. 볕이 이렇게 좋고, 심지어 남향인데도 시름시름 잠만 자던 몰티즈들. 며칠 후에 보니 강아지들은 온데간데없이 젖은 배변 판만 놓여있었다.

친구에게 줄 꽃을 사려고 들어간 꽃집의 TV에서 봤던, 이름 모르는 나라의 이름 모르는 배만 불뚝 튀어나온 아이도 기억이 난다. 큰 눈을 끔뻑이며, 파리를 쫓으며 동생들을 품에 안던 아이. 3만 원이면 충분히 도움이 된다는 그 아이가 기억이 난다. 좁은 닭장 속에서 사육되며 서로를 쪼아 부리를 잘라버린, 부리 없는 닭들도 기억이 난다.

제대로 도울 수 없다면 착한 척은 말아야겠다 생각했는데 자꾸만 눈에 밟히는 것이 많고 내가 너무나 모순적인 인간이라는 것이 원망스럽다. 찰나 동안은 그렁그렁거리다가도 겨울이 오면 방어를 찾고, 3만 원쯤 기분대로 써버리는 내가 그런 인간이라는 것이 괴롭다.

고양이 관절 이야기

자료를 조사하러 갔던 서점에 고양이가 두 마리 있었다. 서점 한가운데 놓인 박스에 두 마리가 누워 있었는데 머리통이 조그마해서 작은 고양이려나 들여다보니 꽤나 큼직한 고양이 두 마리가 잘도 포개어져 있었다. 제 몸을 핥다가도 친구를 핥고 친구를 핥는가 싶으면 제 몸을 핥았다. 작은 박스에 큰 고양이 두 마리가 하나인 듯 포개어져 있어서 제 몸인지 아닌지도 헷갈리기 때문일까. 너무나도 자연스럽게 서로의 몸을 핥았다.

책을 보러간 서점에서 고양이 두 마리에 정신이 팔려 한참을 조용히 쳐다보았다. 실례일 것 같아 멀찍이 떨어져서 보긴 했지만 고양이들은 서점의 손님들은 아랑곳하지 않고 오롯이 서로에게만 집중했다. 눈도 뜨지 않았다.

힘겹게 눈길을 돌려 책을 둘러보았다. 이 책 한 번 훑어보았다가 고양이 한 번 쳐다보고 다른 책을 집고 다시 고양이를 쳐다보았다. 고양이들은 여전히 그 작은 박스 안에 포개어져 서로를 핥고 있었다. 자료도 조사하고 친구들에게 줄 엽서나 달력을 살 요량으로 왔는데 아무것도 사지 못하고 두 고양이가 다정히 포개어진 풍경만 들고 나왔다.

강아지는 관절이 고양이만큼 자유롭지 않아서 모로 눕거나, 한 마리가 크고 한 마리가 작아야 저렇게 포개어질 것이다. 게다가 강아지가 박스에 그것도 두 마리가 가만히 누워 있는 풍경은 쉽게 상상할 수 없다. 일단 강아지는 박스에 들어가는 것을 좋아하지 않고 가만히 있는 것도 별로 좋아하지 않으니까 말이다. 하지만 관절이 유연한 고양이는 한 마리가 박스에 들어 있으면 다른 한 마리가 용케도 남은 공간을 채울 수 있다. 잘하면 세 마리가 들어갈 수 있을지도 모른다. '내 관절은 이미 이렇거든. 그니까 이대로 귀여워해줘' 하는 개와 달리 고양이는 '내가 맞춰보지 뭐. 일단 들어가 봐' 하는 느낌이다.

서로가 서로에게 언제든 맞춰줄 준비가 되어 있다면 이렇게나 다정한 풍경을 만들 수 있구나. 둘 중 하나만 유연해도 포개어지는 것은 어려운 일이 아니다. 그래서인 것일까, 고양이는 고양이끼리도 잘 포개어지지만 다른 동물이나 심지어 사물과도 잘 포개어진다.

반려견과 산 지 16년 차 인간이라 그런지 굳이 비유하자면 나는 강아지 관절 같은 마음을 더 자주 갖는다. 고양이 관절 같은 마음으로 상대에게 맞출 때도 있지만 주로는 내 생각의 마디마디가 더 도드라진다. 특히 가깝고 소중한 관계에선 더욱 그렇다. 그래서 나는 고양이 관절의 마음을 가진 사람이 내게는 더 잘 어울린다는 생각을 한다. 상대가 소중한 만큼 내가 더 자주 너그러운 고양이 관절과 같아진다면 서점의 두 고양이처럼 완벽하게 포개어질 수 있을 텐데.

복숭아

뽑혀버린 이어폰

이어폰 선을 따라 흘러들어오는 음악은 금방 일상의 배경 음악이 된다. 두 귀에 이어폰을 꽂고 음악에 따라 걷고 있으면 3분마다 보폭이 바뀐다. 유행하는 중독성 있는 댄스 곡에 어깨를 들썩이며 걷다가 발라드가 나오면 자못 비련의 신파 주인공처럼 걷는다. 보사노바가 나오면 이파네마 소녀가 되어 걷고 EDM이 나오면 누추한 차림에도 금방 힙스터가 되어 이비사섬의 한 클럽에 간 것처럼 걷는다(가본 적도 없지만). 무료하고 지루한 일상을 너무나도 쉽게 고양시키는 음악. 음악이 아닌 그 어떤 것도 이보다 빠르게 일상에 윤기를 제공할 수는 없을 것이다. 게다가 버튼 한 번이면 내가 원하는 부분에서 원하는 노래로 바꿀 수 있으니 너무나 간편하다.

하지만 때로 음악이 주는 이런 신속한 고양감은 그만큼 신속하게 사라지는 것인지도 모른다는 생각을 한다. 이어폰을 꽂고 음악을 들으며 가다 보면 경극처럼 3분마다 일상의 색이 바뀌는데 어떤 물리적인 힘에 의해 의도치 않게 이어폰이 팍 뽑혀버리고 나면 일상의 배경 음악은 휘발해버린다. 음악 대신 귀에 파고드는 적나라한 일상의 소리들. 자동차 경적 소리, 타인의 통화 소리, 듣고 싶지 않은 상점가의 요란한 음악이 마구 섞여서 들려온다. 그럴 때마다 꽤나 놀란다. 어쩌면 이것이야말로 내가 외면했던 진짜 일상의 소리였던가 싶어지기 때문이다.

혼자 있는 실내의 공간에서도 마찬가지. 배경 음악으로 깔아놓은 라디오나 음악이 팟 하고 꺼져버리면 화들짝 놀라게 된다. 하던 일을 멈추고 달려가 왜 음악이 꺼진 것인지 확인하고 꼭 다시 틀어놓는다. 갑자기 찾아온 적막과 일상의 소음들이 어색하게 느껴지기 때문이다. 내 기분대로 틀어놓은 음악은 내 기분에 맞추어 일상에 윤기를 더하지만 예상치 못하게 음악이 꺼져버리고 나면 내가 애써 외면했던 진짜 일상의 소리가 공기를 채운다. 어쩌면 배경 음악 없는 이 시간이 진짜 내 일상의 민낯일지도 모르겠다.

잘 찍은 한 장의 풍경 사진이 그 풍경의 진짜 모습을 보여주지는 못하는 것처럼 배경 음악이 없는, 원치 않는 소음 가득한 일상도 내 일상이다. 하지만 늘 진짜만 보고 사는 것만이 능사는 아니니까. 가끔은 음악이 주는 실제보다 멋진 무드 속에서 살아도 좋다. 매 순간 배경 음악이 있을 수는 없으니 잠깐 정도는 괜찮다. 사진을 찍을 때마다 매번 내 진짜 모습만 적나라하게 보여준다면 누가 사진을 찍겠나. 가끔 기적적으로 잘 나온 사진 한 장으로 얼마간 행복해하며 덕도 좀 봐야지.

자존감 옆에
누가 앉았나

서점에 가보면 선반에서 '자존감'이라는 단어가 들어간 책을 셋 걸러 하나쯤 만날 수 있다. 이토록 애용되는 심리학 용어가 또 있을까. 마케팅적으로도 요긴하게 쓰이고 있지만 그 덕분인지 뭔지 일상적으로도 참 많이 쓴다. 사람들은 당당해 보이는 누군가에게 "자존감이 높아 보인다"며 칭찬하기도 하고 "자존감이 낮아서 그렇다"라는 설명으로 우울한 성격의 근거를 대기도 한다. 자존감은 높거나 낮은 그런 이분법적인 친구인 것인가. 딱 그 두 가지 상태만 있는?

굳이 두 상태 중 하나로 표현하자면 나의 경우는 자존감이 낮은 인간이다. 내가 나 자신을 특별히 긍정하는 일은 웬만해선 잘 일어나지 않는다. 있는 그대로의 나를 사랑할 만한 낙천성도 부족하다. 여러 해를 보고 살았지만 아직도 거울을 보는 일은 그다지 유쾌하지 않고, 장점보다는 단점을 찾아내는 것에 민첩하다. 상처에 대한 회복 탄력성도 떨어지는 편이라 누가 폭 찌르면 나는 폭 패여버린다. 그리고 폭 패인 자리는 더디게 원상 복구된다.

이런 그늘진 인간이지만 매 순간 괴로운 것은 아니었다. 때로는 '이 정도면 나도 쓸 만하고, 살 만하다' 싶은 날들도 있고 '나 같은 인간은 정말이지……' 하며 울적한 날도 있다. 또 아주 가끔은 '나 정도면 꽤 괜찮지!' 하며 자존감이 대기권을 벗어나는 날들도 생긴다. 하지만 대부분의 날들은 아무런 생각이 없다. 자존감으로 인해 생긴 그늘을 무시하거나 미처 모르고 지나갈 때가 많기 때문이다. 유독 자존감으로 고생하는 날엔, 굳이 현미경으로 그 그늘을 쳐다보며 우울해하는 자신을 발견한다. 자존감은 여기 그대로인데 어떤 날은 무시하고 어떤 날은 집요하게 들여다보는 것이다.

심지어 자존감이 높지 않다는 사실이 즐거운 날들도 있다. 농담의 소재로 언제든 쓸 수 있는 나 자신이 있으니 누구를 만나도 농담의 샘이 마르지 않는다. 자조적인 농담을 주고받으며 상황을 극복하기도 하니까 자존감이 높지 않다는 것은 의외로 즐거운 일이 된다. 내 자존감이 저기 달에 걸려 있었다면 이런 농담들은 재미있지도, 생각이 나지도 않았겠지. 자존감이라는

것, 이쯤 되면 도대체 높고 낮다는 게 무슨 의미인가 싶을 정도로 이랬다저랬다 기분을 변덕스럽게 한다. 나는 정말 자존감이 낮은 사람인가? 낮은 자존감을 가지면 불행하다고들 하는데 나는 불행한가? 잘 모르겠다.

그게 어떤 모양이고 크기가 어떻든 간에 자신 안에 오도카니 그냥 앉아 있는 것은 확실히 알 것 같다. 내 속에 앉아 있으니 꺼내어 명백히 볼 수도 없다. 그냥 느낄 뿐이다. 우리가 심장 박동을 느끼지만 심장의 모양을 볼 수는 없는 것처럼 말이다. 내 안의 그 친구 옆에 누가 앉느냐에 따라 때로는 자존감에 짙은 그늘이 드리우기도 하고 때로는 볕을 따사로이 쬐기도 한다.

예전엔 자존감이 시소에 타고 있다고 생각했다. 누가 내 앞에 앉느냐에 따라 올라갔다 내려갔다 하는 노릇인 줄 알았다. 그런데 지금 생각해보니 내 자존감은 그리 쉽게 올라가거나 내려간 적이 없다. 그냥 이대로 있었고 그게 어떻게 생겼는지조차 나는 모른다. 그냥 내 안에 앉아 있는데 무지막지한 녀석이 성큼성큼 내 자존감 옆에 앉으면 나를 비추던 볕이 가려졌다가 그 녀석이 가고 나면 다시 볕이 든다. 내 자존감보다도 작고 귀여운 녀석이 와서 앉으면 볕은 그대로 들고 맞닿은 부분이 더 따뜻하게도 느껴진다.

그래서 이제는 자존감이 높은지 낮은지 따지지 말자는 마음이다. 우리는 자존감을 시소에 태운 적이 없다. 자존감 옆에 앉은 녀석이 내 별을 다 가려도 녀석이 떠나고 나면 다시 별은 든다. 사람마다 심장 모양이 다르고 각기 다른 박자로 움직이지만 매일 우리 안에서 펌프질하듯, 우리의 자존감도 각자 다르게 생겼지만 우리 안에서 각자의 리듬으로 살고 있다. 그게 무슨 모양인지 명백히 알 수도 없는데 지레짐작해서 미리 의기소침할 일도 아니다. 심장이 못생겼다고 불평하지 않고 열일해주어 그저 고맙다 생각하듯이 자존감이 어떻든 간에 그냥 그런가 보다 해버리자. 누가 옆에 앉았느냐에 따라 응달에 놓였다가 양달에 놓였다가 하는 것이니까. 시소에 태우지도, 널뛰게 할 필요도 없지.

각자의 리듬으로 산다

2018년 2월 9일 초판 1쇄 인쇄
2018년 2월 20일 초판 1쇄 발행

글·그림 | 김혜령
발행인 | 이원주
책임편집 | 이영인
책임마케팅 | 조아라

발행처 | (주)시공사
출판등록 | 1989년 5월 10일(제3-248호)

주소 | 서울시 서초구 사임당로 82(우편번호 06641)
전화 | 편집(02)2046-2864·마케팅(02)2046-2883
팩스 | 편집·마케팅(02)585-1755
홈페이지 | www.sigongsa.com

ISBN 978-89-527-9015-6 03810

이 도서의 국립중앙도서관 출판예정도서목록(CIP)은 서지정보유통지원시스템 홈페이지(http://seoji.nl.go.kr)와 국가자료공동목록시스템(http://www.nl.go.kr/kolisnet)에서 이용하실 수 있습니다.(CIP제어번호: CIP2018003705)